82年生的金智英

8 2 년 생

김 지 영

趙南柱 조남주
作者

尹嘉玄
譯

《82年生的金智英》讀者好評

那些至今被許多女性認為只是日常生活中會經歷的事情、不特別認為有什麼問題的事情、一些被忽略的議題等，統統都被這本小說點了出來。……作者在刻畫金智英這個角色人物時想要跳脫女性框架，不只停留在好像是為女性訴苦或者發聲的角色，而是獲得更廣、更普遍的共感帶（包括男性以及不同世代的讀者）。這也是為什麼這本書會比其他女性主義書籍話題性十足的原因所在。——張德賢（文化評論家）

八〇年代最多人取的名字「金智英」，恰巧是這時代的三十至四十歲輕熟齡女性，書裡的故事情節彷彿是她們的人生寫照，將她們從小到大的情形如實挪移到書裡以文字呈現。……書裡的角色人物與其說是虛構，更像是存在於我們周遭身邊的那些人。——아이보리

究竟什麼樣的行為是不應該的、什麼樣的待遇是不當的，都在這本小說中如實呈現。而這也成了讓我思考自我人生、世上所有金智英的人生的契機點。……很感謝這本小巧輕盈的書，發揮了其強而尖銳的力量，喚醒這時代許多女性的「自覺」。——다림냥

看著金智英的人生故事，彷彿看見了自己的未來，因為知道自己一定也難逃這樣的命運，所以讀著讀著默默留下了心有不甘的眼淚，這個世界一直在不停改變，但是要等到身為女人的我能徹底立足的世界到來，恐怕還有一段路要走。——정예린

我竟然花不到一天就看完了她的一生，因為那是非常熟悉、幾乎和我的人生一模一樣的故事。看著那些婚前不知道、生小孩前不曾想過的鬱悶與煩惱，以及可想而知的未來，這根本不是一本小說，而是我的人生報告書。——보리金

難以否定的事實，一旦開始閱讀便再也停不下來，出生在韓國的女性必讀，至少要先從我們開始改變。——이한나

金智英的傷痛與具體統計資料搭配得很好，讀起來更為寫實。……真心希望每次只有空口說愛我的老公、對女兒疼愛有加的父母、指導女學生的老師、和女性同事一起上班的男性上班族，都可以好好讀一下這本書。——신목

如果還有人沒讀過這本書，會想要強力推薦一定要翻翻看，這是一本徹底點醒我的書，那些過去認為理所當然的事情，原來一點也不合理。——김상희

【推薦序】誰是金智英

康庭瑜（國立政治大學傳播學院副教授）

我第一次讀這部作品的時候，覺得我就是金智英。

我也是八二年出生的，成長在全球政治經濟位置、文化結構，都與南韓非常相近的台灣。這個世代的成長過程中，東亞經濟快速發展起來，是產業快速現代化的欣欣向榮時代。然而，經濟現代化了，文化觀念卻不一定。

和金智英一樣，我的父母在生了一對女孩後，努力再拚出了一個男孩。「只有兩個女兒，會不會遺憾啊。」「這次又是女兒啊，沒關係，女兒也不錯。」聽著親友把自己的出生描述為母親的遺憾和失職，我和妹妹是這樣長大的。

我的父母無疑是愛我的，和書中所描繪的金智英父母一樣，在這個世界對我滿載惡意與傷害的時候，就我的父母最疼惜我。然而，就和金智英一樣，我也自小看見愛的差別心。如同金智英的弟弟總是得到餐桌上煎得比較完整的豆腐，我的弟弟在每次家庭久別重逢後，總會得到父母第一個擁抱和問候。

只有我是金智英嗎？我想，台灣很多千禧世代前段或前後的讀者，可能都會覺得自己和金智英共享了許多書中片段。因為這書不是寫一個萬中無一的女性的故事，這書意在寫這個世代中，典型女性的一生，它貼合著許多南韓的統計數字來寫。當然，這些統計也常常十分貼近台灣的現況。

「女兒會讀書啊。」「但這錢還是要是省給兒子讀啊。」這是金智英母親家族的教育投資策略，直至金智英這個世代，都仍然希望女兒能去讀便宜一些的教育大學。而台灣的研究以一九八七年前後出生的這個世代為例，一樣發現當家庭經濟資源有限時，父母會希望節省女兒的教育支出，好優先把經濟資源投注在兒子的教育上。[1]

原生家庭既然仍有重男輕女文化，那麼走出家庭進入職場會更好嗎？

1 如：卜少平、駱明慶（2015），〈父母對子女教育投資的性別差異——以就學貸款為例〉，《人文及社會科學集刊》，27：2，361-393。

成年後的金智英有能力、有夢想，有想大展長才的職場野望。然而，女性結婚生子被認為是公司不可控的風險和額外的成本，再怎麼樣公司也想優先提拔男性。

記得這書的一些情節段落，曾被南韓反女性主義者稱為被害妄想症。老闆難道是笨蛋嗎？如果女性真的能力好，為什麼老闆不要提拔雇用女性？這都什麼時代了，哪裡還有性別刻板印象的老闆？

我們也真希望這只是本書作者的被害妄想。然而，全球的統計數字包含南韓與台灣，都已經明確的指出，女性在職場上會遭遇婚育懲罰。這指的是，當女性結婚生子，其薪資發展會受到減損，而男性結婚生子則並不會有這種損失。[2]我的孩子五歲那年，行政院的統計報告告訴我，台灣已婚或有同居伴侶，且有在上班工作的女性，平均家務勞動時數仍是男性的近三倍。這可是在各行各業多半高工時的台灣啊。[3]

---

2 Kang, J. Y., Lee, W., Ham, S., & Wang, J. S.-H. (2023). Motherhood or marriage penalty? A comparative perspective on employment and wage in East Asia and Western countries. Family Relations, 1–24. Matsuda, Shigeki (2020). The Gender Wage Gap in Four Asian Countries: Japan, Singapore, South Korea, and Taiwan. Singapore: Springer Singapore.

3 行政院主計總處（2016）。一〇五年婦女婚育與就業調查報告。

職場除了對女性有婚育懲罰，書中還提及無所不在的職場性威脅。公司廁所偷拍，利用職權要妳陪吃飯、灌妳酒的上司，覺得評論妳身材外貌無傷大雅，因此妳必須配合的工作環境。

既然職場如此不友善，原生家庭又重男輕女，那麼自己挑選所愛之人，與之成婚生子，就此回歸家庭做個全職的妻子和母親，是否可以是女性的寄託與救贖？在金智英的故事裡顯然也不是。單薪父親在東亞經濟結構中的困窘，全職母親在社會中的汙名，二度就業的職場困難，這時女性若還懷抱著對工作和職場成就的夢想，那常常是非常令人窒息的故事。

我會說《82年生的金智英》這本書嚴格遵循了溫和女性主義小說的公式。

這指的是，在批判指控父權結構的同時，會安排一些善良正直的男性角色，好像在跟讀者說「男生並非全是壞人喔」、「我沒有以偏概全喔」。好比金智英的丈夫，在金智英崩潰指責婆家的時候，他沒有像很多丈夫一樣生氣，他沒有不能理解，他沒有說「我媽人很好」、「妳為什麼這麼不懂事」，他只想著金智英怎樣能好起來。金智英辭了工作在家帶孩子，外出喝一杯咖啡被路人指責是媽蟲時，他沒有跟很多丈夫一樣沾沾自喜地說「對，妳就是過太爽」、「花我的錢也要有分寸」，他只是心疼地摟住她，跟她說「妳別這樣想」。

儘管如此嚴守溫和女性主義路線，這書和它的電影上架的時候還是被瘋狂的憤怒給襲擊了。

南韓的反女性主義者評論道「今天的女性早就比男性受到更優惠的待遇了」、「女性受苦難已經是上一輩的事情，為什麼還要挑起以前的仇恨來讓今天的女性得利」、「以偏概全，這只是一個少數人倒楣的故事吧，世界不全是這樣的」。

今天的女性，已經不再因為社會給定的傳統角色受苦了嗎？無論是金智英一書中提及的南韓現實世界數據，或是台灣相關的最新統計數字，書中的情節都仍然還是現在式，而且是非常普遍的現在式。

寫一本金智英，是為了不要再有更多的金智英。

目錄

2015年　秋

只有你們家人團聚很重要嗎？我們也是除了過節以外，沒有其他時間可以聚在一起好好看看三個孩子。最近年輕人不都是這樣嗎？既然你們的女兒可以回娘家，那也應該讓我們的女兒回來才對吧。

金智英，現年三十四歲，三年前結了婚，先生叫鄭代賢，兩人去年生了女兒，取名鄭芝媛。他們一家三口住在首爾郊區二十四坪大小的公寓裡，房子是以全租的方式承租的[4]。鄭代賢任職於ＩＴ界的某間中型企業，金智英則是在一家小型公關代理公司上班，後來因為小孩出生而離開職場。鄭代賢每天都要加班到凌晨十二點，週末也有一天固定要進公司。金智英的婆家遠在釜山，娘家則是經營了一間小餐廳，所以育兒大小事全部都得自己一手包辦。今年夏天鄭芝媛滿周歲以後，她就把女兒送進了社區一樓的家庭式托兒所，只托育半天。

鄭代賢第一次察覺到金智英異常是在九月八號，他之所以會記得這麼清楚，是因為那天正好是二十四節氣中的白露。鄭代賢正吃著吐司配鮮奶當早餐，金智英突然走向陽臺，將窗戶全部打開。雖然早晨的陽光耀眼燦爛，但是窗戶一推開，微涼的寒意馬上飄到了餐桌。金智英縮著肩膀，走回餐桌前坐下，說道：

---

4 譯注：韓國獨有的租屋方式，房客先繳一筆房屋總價百分之五十至七十左右的金額給房東，房東會以該筆金額進行投資，賺取銀行利息或自行炒股等，租約期間（通常是兩年）房客則不需再繳交任何費用，只需自理水電、瓦斯、管理費。期滿後退房時，房客可以拿回當初繳交給房東的全部金額。

「我才想著最近早上的風變大了，原來今天已經是白露了啊！看來金黃色的稻田上，應該又會掛著晶瑩的露珠嘍！」

鄭代賢覺得妻子說這番話的口吻活像個大嬸，於是噗哧笑了出來。

「妳在說什麼啊，怎麼口氣跟岳母一模一樣。」

「小鄭啊，以後出門要記得帶一件外套，早晚變涼了啊！」

直到那時，鄭代賢都還以為妻子是在跟他鬧著玩，因為她模仿岳母實在維妙維肖，尤其是每次只要有事情要拜託或叮囑都會稍微眨一下右眼，以及稱呼女婿為「小鄭」時一定會拉長音的這些細節，都學得很到位。雖然金智英最近可能因為厭倦了育兒生活，經常會放空發呆，或邊聽音樂邊流淚，但她本來的個性非常開朗，有時還會模仿電視裡的諧星，把丈夫逗得捧腹大笑，因此鄭代賢沒想太多，抱了妻子一下便出門上班了。

那天傍晚，鄭代賢下班回到家，金智英與女兒早已在床上熟睡，母女倆都吮著大拇指。鄭代賢站在原地看著她們許久，覺得可愛又好笑，然後試著將妻子的大拇指從口中慢慢拉出。金智英像個嬰兒一樣，微吐著舌頭維持吮拇指的嘴型，咂了咂嘴又再度沉睡。

幾天後，金智英突然說自己是去年才剛過世的社團學姊車勝蓮。車勝蓮是鄭代賢的同學，也是大金智英三屆的學姊。其實金智英和鄭代賢是同一所大學的學長和學妹，也參加同一個登山社，但是他們在大學時期從未見過彼此。鄭代賢原本打算繼續攻讀碩士，但是因為家裡出了點狀況不得不打消這個念頭。他讀完大三以後才入伍[5]，退伍後又休學一年，回釜山老家打工賺錢；金智英正是在那段期間入學並加入登山社的。

車勝蓮本來就是個很照顧學弟妹的人，再者因為金智英和她一樣其實沒那麼喜歡登山，所以兩人自然走得更近，即使畢業後也依舊會聯絡和見面。鄭代賢與金智英初次相遇，也是在車勝蓮的婚禮上。車勝蓮是在生第二胎時因羊水栓塞不幸過世的，當時金智英正處於產後憂鬱期，得知這個噩耗以後深陷低潮，甚至連日常生活都受到影響。

5 譯注：韓國實施義務兵役制，規定二十歲到三十歲的男性公民都要服兵役，役期大約兩年，大學生通常會在二年級時先休學入伍。

那天，女兒早早入睡了，鄭代賢和金智英難得可以面對面坐著小酌一番。正當一罐啤酒喝到快要見底的時候，金智英突然拍了拍丈夫的肩膀。

「代賢啊，最近智英可能會感到有些心力交瘁，因為她正好處在身體漸漸恢復、心理卻很焦慮的階段。記得要經常對她說『妳很棒』、『辛苦了』、『謝謝妳』這些話。」

「妳怎麼又用別人的口氣說話啊？好啦好啦，金智英妳很棒喔，辛苦了，謝謝妳，愛妳喔。」

鄭代賢輕捏了一下妻子的臉頰，覺得她實在太可愛了，沒想到金智英臉色一沉，憤而將丈夫的手撥開。

「你還把我當成是二十歲的車勝蓮啊？那個在太陽底下發抖著向你表白的車勝蓮？」

鄭代賢頓時全身僵住，什麼話也說不出口，這早已是快要二十年前的事情了。當時兩人站在夏日陽光曬得發燙的操場正中央，周圍什麼遮蔽物都沒有。他已經不記得當初怎麼會站在那裡，總之是巧遇。車勝蓮滿頭大汗、雙脣顫抖著表白說她喜歡鄭代賢，而且是非常喜歡。鄭代賢聽了當下面露難色，車勝蓮一看他這樣，便立刻打退堂鼓。

「噢，我明白你的意思了。你今天就當作什麼話也沒聽見，什麼事情都沒發生，我會像以前一樣以朋友身分對待你的。」

她說完便大步穿過操場，消失無蹤。後來車勝蓮真的就像從未表白過一樣，處之泰然地面對鄭代賢。鄭代賢甚至懷疑自己那天是不是中暑了，產生了幻覺，自此之後，這件事情就被他徹底遺忘。然而，這段將近二十年前的陳年往事，居然再度被妻子提起，而且是只有他和車勝蓮兩人知道的事情。

「智英。」

夫妻倆再也沒說話。鄭代賢喊了妻子的名字三次。

「哎，這傢伙。好啦，我知道你是人家的好老公，所以別再喊智英了。」

「哎，這傢伙。」是車勝蓮喝醉酒時的口頭禪。鄭代賢瞬間頭皮一陣發麻，只能故作鎮定，不斷叫眼前的妻子別開玩笑了，而金智英則是把喝光的啤酒罐留在餐桌上，牙也沒刷就進房倒在女兒身旁呼呼大睡。鄭代賢從冰箱裡又取出一罐啤酒，一飲而盡。她這是在開玩笑？喝醉了？還是只有電視裡才會出現的所謂被鬼附身？

隔天一早，金智英起床時，不停揉著自己的太陽穴，看來她已經不記得前一晚發生的事情了。這讓鄭代賢放心不少，猜想應該是妻子昨晚喝醉了，所以才會有那些異常行為，但他也不禁為妻子昨晚脫口而出的驚人之語感到不寒而慄。其實鄭代賢打從心底並不相信那是酒醉失態的行為，因為妻子只喝了一罐啤酒，根本不可能喝醉。

在那之後，金智英仍不時會出現一些怪異舉動，舉凡像是突然使用大量的手機貼圖傳簡訊，或者做一些完全不是她的拿手菜，也不是她平時愛吃的食物，例如煲湯、炒雜菜等。鄭代賢對於這樣的妻子感到愈來愈陌生，畢竟是熱戀兩年、婚後還一起生活三年的枕邊人，至今聊過的話題無數，也是彼此的支柱，還生了個繼承父母長相的可愛女兒，但他怎麼看都覺得，眼前這名女子越來越不像是他熟悉的妻子。

那個禮拜五回公婆家過中秋節時，紙終於再也包不住火。鄭代賢向公司請了一天假，早上七點一家三口便從家裡出發，五小時後抵達釜山，和爸媽一起共進午餐後，鄭代賢因為舟車勞頓決定小睡一會兒。之前只要是開長途車，鄭代賢和金智英都會輪流駕駛，但自從有了女兒以後，也許是因為覺得坐在安全座椅上不舒服，每次女兒一上車就會哭鬧不休，金智英比較懂得如何哄孩子、餵孩子吃零食，因此就改由鄭代賢全程駕駛。

金智英洗完午餐的碗盤以後，喝了一杯咖啡，享受短暫的休息時光，然後和婆婆一起去了一趟市場，採買一些中秋節難得團聚要吃的食材。從晚上開始，婆媳兩人就一起分工熬煮牛骨湯、醃牛小排、清洗各種蔬菜並用熱水汆燙，再將一部分燙好的蔬菜拿去涼拌，其餘的則放進冷凍庫裡保存。另外，她們也把隔天要用來做煎餅和炸物的蔬菜及海鮮先處理乾淨，又做好了一桌晚餐，直到全家人吃完、整理收拾好，才結束這一天。

隔天，金智英與婆婆除了從早到晚都在忙著做煎餅、炸食物、燉牛小排、揉松餅[6]，還要準備家人的午餐和晚餐。一家人吃著剛做好的佳節美食，共度了歡樂的用餐時光。

6 譯注：一種以糯米製成的韓國傳統食品，韓國人會在中秋節時用來祭祖、食用，以及作為禮物送給親友，鄰居之間也常會交換自家揉製的松餅，是韓國傳統文化的代表食物之一。

他們的女兒鄭芝媛也毫不怕生地不斷對爺爺、奶奶撒嬌，得到長輩的無限疼愛。

終於到了中秋節事發當天，也就是禮拜天的時候。由於家族祭祀主要是由鄭代賢的堂哥一家負責，鄭代賢家其實比較沒什麼需要準備的，一家人都睡到很晚才醒來，早餐吃前一天的剩菜，簡單解決。大家吃完、碗洗好之後，鄭代賢的妹妹鄭秀玄回來了。她比鄭代賢小兩歲，比金智英大一歲，平時和丈夫以及兩個兒子一起住在釜山，她的婆家也在釜山。由於她先生是長子，所以每逢過年或中秋佳節，都需要負責準備食物、招待親友，身為長媳壓力非常大。鄭秀玄一回到娘家，馬上就癱在沙發上，金智英和婆婆則趕緊用熬了好幾個鐘頭的牛骨湯底來燉芋頭湯，再煮一鍋白飯、煎魚、涼拌小菜，又為鄭秀玄準備了一桌午餐。

鄭秀玄吃完飯後，掏出了好幾件要送給姪女芝媛的洋裝、紗裙、髮夾、蕾絲襪等，她幫芝媛夾上髮夾、穿上襪子，滿意地笑著說：「要是我也有女兒就好了，果然還是女孩最可愛！」此時金智英雖然削了蘋果和水梨，但是大家都已經吃得太飽，那盤水果幾乎沒什麼人動過。接著金智英又端出了一盤松餅，只有鄭秀玄拿了一塊塞進嘴裡，邊咬邊說道：

「媽，松餅是自己做的嗎？」

「對啊。」

「哎呀，真是！都叫妳不要做了，剛剛也正想跟妳說，以後別再自己熬牛骨湯底了，那些煎餅和年糕也去市場買一買就好啦，我們家又不需要拜祖先，幹嘛這麼大費周章？媽年紀也大了，搞得智英也辛苦。」

婆婆瞬間露出了難掩失落的表情。

「這些都是煮來給自己家人吃的，怎麼會辛苦？過節本來就是要這樣聚在一起做菜、一起吃飯才有趣啊。」

婆婆突然轉頭對金智英問道：

「妳會覺得辛苦嗎？」

金智英的臉頰頓時泛紅，表情變得柔和，眼神也變得慈祥。鄭代賢馬上察覺到妻子有異，內心忐忑不安，但根本還來不及轉移話題或支開妻子，金智英就開口答道：

「哎呀，親家母，其實我們家的智英每次只要過完這種大節日，都會全身痠痛呢。」

霎時間，空氣彷彿凝結成冰，每個人都屏住了呼吸。鄭秀玄嘆了長長的一口氣，吐出了白色的煙霧。

「芝、芝媛……是不是該換尿布了啊？」

鄭代賢急忙抓住妻子的手，想要帶她離開現場，沒想到金智英立刻甩開了丈夫的手。

「小鄭啊！我還沒說你呢。每年過節你都在釜山待上好幾天，但到我家裡的時候呢，屁股都還沒坐熱就急著走，這次可得待久一點再走啊。」

接著金智英又再度對鄭代賢眨了一下右眼。這時，鄭秀玄的大兒子剛好在和弟弟玩，不小心從沙發上摔了下來，放聲大哭，但是誰也顧不得孩子，每個人都睜大雙眼、張著下巴，被金智英剛才說的那番話嚇到目瞪口呆。眼見沒有任何大人來安慰他，鄭秀玄的大兒子馬上止住了哭泣，鄭代賢的父親則開始訓斥媳婦。

「芝媛她媽，妳現在說這話是什麼意思？在我們這些長輩面前幹嘛呢？我們和代賢、秀玄一年能見幾次面？大家一起過節有這麼多不滿嗎？」

「爸，不是這樣的。」

雖然鄭代賢急忙起身，但一時之間他也說不出任何解釋。就在那時，金智英一把推開了鄭代賢，不疾不徐地說道：

「親家公，恕我冒昧，有句話我還是不吐不快，只有你們家人團聚很重要嗎？我們也是除了過節以外，沒有其他時間可以聚在一起好好看看三個孩子。最近年輕人不都是這樣嗎？既然你們的女兒可以回娘家，那也應該讓我們的女兒回來才對吧。」

鄭代賢趕緊摀住了妻子的嘴，將她拉離現場。

「爸、媽、秀玄，智英她有點不舒服，真的，她最近生病了，我之後再仔細向你們說明。」

鄭代賢一家三口連衣服都沒換就坐上了車。鄭代賢把頭靠在方向盤上懊悔不已，但金智英卻一副事不關己的樣子，開始唱兒歌給女兒聽。鄭代賢的爸媽沒有出來送他們，只有鄭秀玄幫忙把兄嫂的行李放進後車廂裡。她對著哥哥叮囑：

「哥，智英說的沒錯，是我們疏忽了，記得別和她吵架啊，也別生氣，無論如何都要對她說聲謝謝，知道吧？」

「走囉，幫我跟爸好好說一下。」

鄭代賢並沒有生氣，而是感到茫然、心煩、害怕。

鄭代賢先獨自去找精神科醫師，說明妻子的情形，與醫師討論治療方法，再對根本沒意識到自己有問題的金智英說，她最近好像都沒睡好、很疲累，建議她去做個心理諮商。金智英很感謝丈夫為她做這項安排，因為她覺得最近心情的確有點低落，凡事也提不起勁，懷疑自己是不是得了育兒憂鬱症。

1982年～1994年

為什麼學校要讓男同學先排學號，為什麼男同學總是一號，凡事也都從男同學開始，好像男孩優先於女孩是理所當然之事。……就好比大家從不曾質疑過身分證上為什麼男生是以阿拉伯數字一開頭，女生則是以二開頭一樣，所有人都理所當然地接受這樣的安排。

金智英，一九八二年四月一日生於首爾某間婦產科，出生時身高五十公分，體重二點九公斤，父親是公務員，母親是家庭主婦。她上面有個大她兩歲的姊姊，下面則有個小她五歲的弟弟。他們三姊弟和爸媽、奶奶一家六口住在一間十坪大小的平房裡，只有兩個房間、簡陋無門的廚房和一間衛浴。

金智英至今最難忘的兒時記憶，莫過於偷吃弟弟奶粉事件。她那年應該是六、七歲左右，明明也不是什麼山珍海味，不知為何就是覺得弟弟的奶粉特別好吃，所以每次媽媽在幫弟弟泡奶粉時，她就會緊跟在旁，用手指沾那些不小心撒在桌上的奶粉來吃。有時媽媽還會叫金智英把頭向後仰、嘴巴張開，然後舀一匙奶粉倒進她的口中，好讓她過過癮，品嚐那濃醇的奶粉味。奶粉在口水中慢慢溶解時會變得黏稠，然後變成像牛奶糖一樣軟綿軟綿的，再慢慢送往喉嚨，吞進肚子裡。奶粉停留在口腔裡的那段期間，不乾也不澀，是一種非常微妙的口感。

然而，與他們同住在一起的奶奶——高順芬女士，非常討厭金智英吃弟弟的奶粉，只要發現孫女又在偷吃，就會用手掌朝她背部狠狠拍下去，使金智英措手不及，奶粉從嘴巴和鼻孔中噴出來。姊姊金恩英則是被奶奶教訓過一次之後，就再也沒吃過奶粉。

「姊，奶粉不好吃嗎？」

「好吃。」

「那妳為什麼不吃？」

「不稀罕。」

「啊？」

「我才不稀罕，絕對不會再吃那玩意兒了。」

雖然當時金智英對「不稀罕」這個詞還沒有明確的概念，但是她完全可以體會姊姊的心情。因為從奶奶當下在責備她們的語氣、眼神、臉部角度、肩膀高度以及呼吸節奏，可以綜合歸納出一句話，就是「**膽敢**貪圖我金孫的奶粉？」奶奶絕非因為她們早已過了喝奶的年紀，或者擔心弟弟的奶粉會減少而教訓她們，而是因為弟弟的一切都無比珍貴，不是哪個阿貓阿狗都可以觸碰的，金智英感覺自己好像連「阿貓阿狗」都不如，相信姊姊一定也有相同感受。

剛煮好的一鍋白飯，以爸爸、弟弟、奶奶的順序先盛飯是再自然不過的事情；形狀完整的煎豆腐、餃子、豬肉圓煎餅，也都會理所當然地送進弟弟的嘴裡，大姊和金智英只能撿旁邊的小碎屑來吃；弟弟的筷子、襪子、衛生衣褲、書包和鞋提袋，永遠都是成雙成對的，但是大姊和金智英的這些物品，總是湊不成一對。要是有兩把雨傘，一定是弟弟自己撐一把，姊姊和金智英兩人合撐一把；要是有兩條棉被，也一定是弟弟自己蓋一條，姊姊和金智英兩人合蓋一條；要是有兩份零食，同樣也一定是弟弟自己吃一份，姊姊和金智英兩人合吃一份。其實當時還年幼的金智英，並不會羨慕弟弟的特別待遇，因為打從他們一出生，受到的就是差別對待。雖然偶爾會覺得有點委屈，但她早已習慣對這一切主動做出合理化的解釋：因為自己是姊姊，所以需要讓著弟弟，並和自己性別相同的姊姊一起共享所有物品。母親經常說因為姊弟之間年紀相差較多，所以她和姊姊既懂事又很會照顧弟弟，但也因為如此，兩姊妹更沒有理由跟弟弟爭風吃醋。

金智英的父親在四兄弟中排行老三，大哥在婚前死於車禍，二哥很早就成家，帶著一家人移民美國生活，最小的弟弟則因為遺產分配及高齡父母的扶養問題，與金智英的父親大吵過一架，兩人從此不再往來。

金智英的父親那一輩，許多人因為戰爭、疾病、飢餓而不幸喪命，能不能存活下來都是問題。而在那段期間，奶奶不僅替人種田、做生意、做家事，就連自己家也打理得很好，咬牙苦撐好不容易養大了四個兒子。而爺爺這輩子從未徒手抓過一把泥土，始終養尊處優，是個毫無養家能力，也沒有自覺要養家的人。但是奶奶從未對爺爺有過任何怨言，她真心認為，丈夫只要不在外偷腥、不動手打妻子，就已經是不可多得的好男人。然而，如此辛苦一手帶大的四個兒子，最終只有金智英的父親善盡兒子的本分，奶奶則用了一套令人難以理解的謬論，安慰著晚年如此悲慘不堪的自己。

「幸好我生了四個兒子，所以才能像現在這樣吃兒子煮的飯、睡兒子燒的炕，真的至少要有四個兒子才行。」

雖然真正在煮飯、燒炕、鋪棉被的人，都不是奶奶的寶貝兒子，而是她媳婦——金智英的母親吳美淑女士，但是奶奶卻總是當著大家的面如此誇讚自己的兒子。而那些看似開明、對媳婦疼愛有加的婆婆，也往往會發自內心地為媳婦著想，把「要生個兒子啊、一定要有個兒子才行，至少要有兩個兒子……」這些話掛在嘴邊。

老大金恩英剛出生時，母親將她抱在懷裡，不停哭著對奶奶鞠躬道歉：「媽，對不起……」當時奶奶安慰著媳婦說：

「沒有關係，第二胎再拚個男孩就好了。」

後來金智英出生，母親依舊抱著襁褓中的嬰兒不停哭泣，低頭對著金智英說：「孩子啊，媽對不起妳……」這次奶奶依舊安慰著媳婦說：

「沒有關係，第三胎再生個男孩就好了。」

金智英出生後不到一年，第三胎就報到了。母親當時夢見一隻體型巨大的老虎破門而入，還躲進了她的裙襬，於是深信這胎肯定會是個男嬰，然而當初負責接生金恩英和金智英的婦產科醫生婆婆，卻面有難色地用超音波機器來回照母親的肚子好幾次，然後小心翼翼地開口說道：

「小孩……真漂亮啊……可以湊成三姊妹了喔……」

母親回到家以後泣不成聲，甚至還哭到把肚子裡的食物統統吐了出來，不知情的奶奶隔著廁所門，語帶欣喜地對媳婦祝賀道：

「我看妳之前生恩英和智英的時候都沒害喜啊，這次怎麼吐得這麼厲害？看來這胎和她們倆不太一樣喔！」

母親躲在廁所裡好一陣子不敢出來，繼續流著眼淚不停作嘔。某個夜深人靜、孩子都已熟睡的夜晚，母親對輾轉難眠的父親開口問道：

「孩子她爸，萬一啊，我是說萬一，現在我肚子裡的這胎又是女兒的話，你會怎麼辦？」

雖然母親內心還是存有一絲期待，希望父親可以對她說：「妳問這是什麼問題，不論兒子還是女兒都一樣寶貝。」但是父親不發一語。

「嗯？你會怎麼辦呢，孩子她爸？」

父親翻過身，面向牆壁躺著答道：

「少烏鴉嘴了，別淨說些觸霉頭的話，快睡吧。」

母親緊咬著下脣，努力壓低音量。她哭了一整晚，把枕頭全哭溼了。隔天早上，母親的雙脣因為整晚緊咬著哭泣，腫得無法閉合，不停流著口水。

當時政府正在實施節育政策，十年前開始，只要是基於醫學上的理由，即可合法執行中止懷孕手術。當時只要確定懷的是女嬰，彷彿就足以構成「醫學上的理由」，鑑別胎兒性別與將女嬰墮胎的情形多不勝數[7]。這樣的社會風氣在一九八〇年代持續蔓延，到了一九九〇年代初期，性別不均的情形更是達到巔峰，第三胎以後的出生性別，男嬰明顯比多女嬰多了一倍[8]。

母親獨自一人前往醫院，默默將金智英的妹妹「拿掉」了。雖然這一切都不是母親的選擇，卻得由母親全權負責，當時母親身心俱疲，身邊沒有任何一個安慰她的家人。醫生婆婆緊緊握住母親的手，頻頻向母親道歉，母親則像個失去孩子的猛獸般嚎啕大哭，

7 資料來源：《機率家族》第五十七～五十八頁，二〇一五年，朴在憲等人合著；《時事IN》四一七期期刊〈厭惡女性的根源是？〉

8 資料來源：統計廳的「出生順序出生性別比」資料。

幸虧有醫師婆婆對她說的那句對不起，才讓她不至於哭到傷心欲絕、失去理智。

幾年後，母親再度懷上了孩子，因為是男嬰，所以得以順利誕生，那個男嬰就是比金智英小五歲的弟弟。

由於當時父親是公職人員，還不至於有工作或收入不穩定的問題，但是光憑父親一個人的薪水得養活一家六口確實吃緊。尤其隨著三姊弟逐漸長大，只有兩房的家也開始顯得擁擠。母親希望可以搬去住大一點的房子，讓兩個女兒能和奶奶分房。

母親雖然不像父親一樣有固定上下班的工作，但是她一個人得照顧三個孩子和一名老母親，又要一手包辦家中大小事，與此同時，還得不斷尋找可以賺錢打工的機會。不只母親，家裡經濟狀況不盡理想的那些媽媽大部分也都是如此，當時非常流行保險阿姨、養樂多阿姨、化妝品阿姨等，凡是只要帶有「阿姨」兩個字的工作，都屬於家庭主婦最常兼差的職業。因為大部分工作都不是由公司直接雇用，所以要是在職場上遇到糾紛或者受傷，都得自行處理[9]。而金智英的母親選擇從事家庭代工，也就是在家進行的勞動工作，舉凡像是剪線頭、組合紙箱、黏信封袋、剝大蒜、捲門窗密封條等，種類繁多，多不勝數。年幼的金智英也經常在母親身旁幫忙，通常都是負責蒐集碎屑和丟垃圾，或者做幫母親盤點數量的工作。

其中最令人頭痛的工作項目就是捲門窗密封條。這是專門用來貼在門窗縫隙間、以泡棉材質製成的細長形貼紙，尚未裁切、包裝的貼紙會由貨車運來，金智英母親的工作是將其裁切、捲成兩組圓形，然後放進小袋子裡包裝好。然而實際捲紙時，得先將封條輕放在左手虎口之間，利用右手捲成圓形，過程中虎口很容易被蓋在膠水上的那面紙割傷。儘管已經套了兩層布手套，母親的手依舊布滿大小傷痕，再加上密封條的尺寸較大，於是垃圾量也較多，泡棉和膠水的刺鼻味更經常難聞到使人頭痛，但是這份工作的單價較高，實在令人難以拒絕。隨著母親承接的數量越來越多，這份工作也越做越穩定。

好幾次父親已經下班回家，母親還在忙著捲密封條。當時還是國小生的金智英與金

9 資料來源：《沒被記錄的勞動》第二十一～二十九頁，二〇一六年，金時刑等人合著。

恩英，就坐在母親身旁，邊玩邊寫作業，偶爾幫幫母親，年幼的弟弟則是拿著泡棉塊和包裝塑膠袋邊撕邊玩。工作量真的很大的時候，甚至還會把密封條堆放在房間一隅，在好不容易騰出來的地板上擺桌子吃晚餐。某天，父親加班到深夜，比平時還晚到家。他看見孩子都還在玩密封條，終於忍不住第一次對母親抱怨。

「妳一定要在孩子旁邊做這些味道難聞、灰塵又多的工作嗎？」

母親原本正在快速動作的手和肩膀頓時停住，接著便開始將四散一地已經包裝完成的密封條統統放進紙箱內。父親跪坐在地，把亂七八糟的泡棉和紙張碎屑掃進大垃圾袋裡，說道：

「對不起啊，害妳這麼辛苦。」

父親說完便嘆了一口氣，那一瞬間，他的背後彷彿為巨大的黑影所籠罩。母親搬起一箱又一箱比自己身形還要大的箱子，放到家中的走道，然後將父親身旁的地板清掃乾淨。

「不是你害我辛苦，是我們兩個人都辛苦。不用對我感到抱歉，也別再用一個人扛著這個家的口吻說話。沒有人要你那麼辛苦，事實上也不是只有你一個人在扛。」

話雖如此，但是自此之後，母親還是婉拒了捲門窗密封條的工作。專門負責載送密封條的卡車司機還語帶惋惜地叨念著，怎麼手最巧、最有效率的人反而不做了。

「也是，以恩英媽媽的手藝，捲這個密封條實在太可惜，妳不妨去學個美術或者手工藝，一定很厲害。」

母親搖手笑著說：「都這把年紀了，還學什麼才藝呢。」當年母親才三十五歲，雖然她嘴巴上含蓄地這麼說，但司機先生的這番話，似乎也在母親心裡種下了種子。母親拜託恩英照顧妹妹智英，最小的兒子則拜託奶奶顧，自己開始補習，但不是學美術或手工藝，而是學理髮。既然沒人規定一定要有執照才能幫人剪頭髮，所以她在學了一些基本的剪燙技術後，就開始以經濟實惠的價格幫社區裡的小孩和長輩理髮。

母親的理髮生意瞬間火紅，街坊鄰居口耳相傳，認為母親的手真的很巧、很有天份，面對客人也很有交際手腕。她會用自己的口紅和彩妝品，為剛燙好頭髮的婆婆媽媽化妝；幫小朋友剪頭髮時，也會順便連他們的弟弟妹妹，甚至是孩子母親的劉海也一併免費修剪。她使用的燙髮劑價格故意比社區理髮廳的高昂一些，還刻意把燙髮劑上的廣告文宣大聲唸給客人聽。

「看到了嗎？絕不刺激頭皮，含天然人參成分。我現在可是用這輩子還從未吃過的天然人參塗抹在您的頭皮上喔！」

金智英的母親就這樣慢慢攢了許多現金，也從未繳過一毛稅給政府。雖然她曾惹來同行的阿姨相忌，覺得客人都被金智英的母親搶走，兩人甚至互扯頭髮，吵得不可開交，但是多虧她平日待客有方，客人都站在金智英母親這邊。後來兩人適度劃分客層，互不踩線，才得以在社區和平共存。

金智英的母親吳美淑女士，上有兩名哥哥、一名姊姊，下有一名弟弟，兄弟姊妹長大以後紛紛離鄉，聽說老家數代皆以種稻為業，所以家境還算不錯，但是隨著韓國的社會結構從傳統農業快速轉型成產業化社會，人民不再仰賴農業維生。金智英的外公當時就像一般的農村父母，將孩子統統送往都市，卻沒有足夠的資金供得起每個小孩都讀那麼多書。都市裡不僅房價和生活費很高昂，學費更是貴得離譜。

母親讀完國小以後，就開始幫家裡務農，直到十五歲那年決定北上首爾。當時，長母親兩歲的阿姨已在首爾清溪川旁的一間紡織工廠上班，母親也應徵上了同一間工廠，於是便和自己的姊姊以及兩名工廠姊姊同住在兩坪大小的雅房內。工廠裡的女同事幾乎都和金智英的母親年紀相仿，學歷、家庭背景也都差不多。年幼的女工以為職場生活本就是如此，每天都睡不好、吃不飽，也無法好好休息，整天只能埋首工作。紡織機發出的熱氣使她們熱得難受，只能盡量將已經短到不行的迷你裙制服往上拉，即使如此，手臂和大腿間依舊汗如雨下，有些人甚至因為現場總是瀰漫著一片白色灰塵而罹患肺病。然而，她們每天吞著一顆又一顆提神丸，臉色發黃、沒日沒夜工作所賺取到的微薄薪水，大部分都是用來給家中的哥哥或弟弟交學費，因為那個年代的人認為「兒子要擔負起整個家，男丁有出息才能為全家增光」，所以家中的女兒也很樂意犧牲自己資助男丁[10]。

10 資料來源：《機率家族》第六十一頁，二〇一五年，朴在憲等人合著。

金智英的大舅畢業於地方城市的國立醫學大學，在母校附設的大學醫院服務了一輩子，二舅則是當到警察局長退休。母親對於兩名兄長認真好學、事業有成深感自豪，也引以為傲，經常向工廠裡的朋友炫耀自己的哥哥。就在兩個哥哥都擁有經濟能力以後，接著繼續撫養小舅，多虧母親的金援，小舅才得以順利讀完首爾師範大學。雖然如此，被誇讚充滿責任心，一肩扛起了整個家、養活所有家人的，卻是身為長男的大舅。直到那時，母親與阿姨才真正意識到，原來在以家人為名的範圍內，機會永遠輪不到她們。母親和阿姨在很久之後才開始在產業附設學校上課，白天工作，晚上上課，好不容易才拿到國中畢業的文憑。母親後來又自己苦讀高中課程，參加同等學歷檢定考試，最終在小舅順利當上高中老師的那年，才拿到了高中畢業文憑。

金智英就讀國小時期，有一次班導師在金智英的日記簿上寫了一句話，母親的視線停留在那句話許久，然後默默說道：

「我本來也想當老師的。」

原以為母親生來就是母親的金智英，聽聞這句話以後，感覺太不可思議，不禁笑了出來。

「我是說真的，國小的時候妳外婆還說家裡五個小孩裡面我最會讀書，比妳大舅的成績還要好呢！」

「那為什麼沒當老師？」

「因為要賺錢供兩個哥哥去讀書啊，那時候每個家庭都這樣，當時的女生都是這樣過日子的。」

「那現在怎麼不當老師了？」

「現在因為要賺錢供你們去讀書啊，哎呀，都一樣啦，現在的媽媽也都是這樣過日子的。」

母親其實對自己的人生頗感遺憾，也就是成為金智英的母親這件事。頓時間，金智英覺得自己宛如一塊體積雖小卻奇重無比的石頭，緊緊壓著裙角，使母親無法繼續向前。她感到有些自責，母親似乎察覺到金智英的難過，默默用手順了一下金智英的頭髮，將其整齊地塞往耳後。

金智英小時候就讀的是一間規模很大的國小，需要穿過大街小巷走上二十分鐘才會到達。一個年級至少有十一班，至多十五班，一班通常有五十名學生。金智英入學前，學校甚至要分成上午班和下午班，才有辦法應付那麼多的學生。

對於沒有上過幼稚園的金智英來說，國小是她接觸的第一個小型社會，整體來說適應得還算不錯。適應期一結束，母親就把金智英交由大她兩歲、就讀同一所國小的姊姊金恩英照顧，叫她帶著妹妹一起上下學。姊姊每天早上都會按照學校課表幫妹妹準備教科書、筆記本、聯絡簿，在「魔法使莎莉」鉛筆盒內放進四支削得剛好的鉛筆和一塊橡皮擦；要是老師特別叮囑要準備勞作用品，也會先向母親領取零用錢，再帶著金智英到學校對面的文具店採買。也因此，金智英從未走失或迷路，每天都在姊姊的陪同下順利抵達學校。上課時都會乖乖坐在座位上，也從未在學校尿溼過褲子。她將黑板上的注意事項統統抄寫在聯絡簿上，聽寫測驗也都拿到了一百分。

金智英在學校遇上的第一個難關是隔壁男同學的惡作劇，這也是許多女同學都有過的經驗，但是對於金智英來說，隔壁男同學對她所做的行為，根本已經是霸凌的程度，無法用惡作劇或開玩笑來看待。她為此感到十分煎熬，除了向姊姊和母親哭訴外別無他法。然而，姊姊和母親沒能幫她解決問題，姊姊只說男孩子都這麼幼稚，勸妹妹不要理會；母親則認為不過是同學開個玩笑，何必認真，還回來哭訴，反而把金智英訓了一頓。

不知從何時起，坐在金智英隔壁的男孩，開始會動不動就找她麻煩。不論是回座位坐好、準備排隊、準備揹書包時，他都會假裝不小心撞一下金智英的肩膀；在學校與金智英擦身而過時，也會故意靠近她然後稍微用力用手臂去撞她；跟金智英借鉛筆、橡皮擦、尺等文具後，用完不會馬上歸還，金智英向他要回時，他還會故意把東西丟到遠處或者坐在屁股下，有時甚至要賴說自己根本沒有借，有一次在課堂上，兩人就是因此起爭執而一起被老師懲罰。爾後，金智英便不再借文具給那個男孩，但是男孩的惡作劇並沒有就此停止，反而變本加厲。他開始挑金智英的語病、嘲笑她的穿著，把她的書包和室內鞋收納包放在莫名其妙的地方，害她經常找不到自己的東西。

某個初夏，金智英因為腳一直流汗，所以脫下室內鞋，把腳踏在桌子下的木板上聽課，然而，坐她隔壁的那名男孩一腳用力將她的室內鞋踢了出去，沿著教室走道滑到了講桌前，頓時間，全班同學哄堂大笑，老師則是漲紅著臉，怒氣沖沖地拍著講桌喊道：

「這是誰的室內鞋？」

金智英當下實在太害怕，頓時愣住不敢承認，雖然是她的室內鞋沒錯，但是她一直在等著隔壁的男孩先自首說是他踢出去的，然而，那個男孩可能也被老師的反應嚇到了，他低著頭不發一語。

「還不趕快自首？難道要我一個一個檢查嗎？」

金智英用手肘推了推隔壁的男孩，低聲說：「是你踢的啊。」這時，男孩把頭低得更深，低聲回答：「可是不是我的鞋啊。」老師再次拍了一下講桌，不得已之下，金智英舉手了。她被叫到講桌前，在全班同學面前狠狠被老師責罵了一頓，老師以第一時間沒有承認為由，立刻給金智英冠上了種種罪名，說她是懦弱、說謊的小孩，是占用同學寶貴上課時間的時間小偷等等。金智英早已哭得一把鼻涕一把眼淚，找不到任何可以辯解、解釋的機會。就在那時，教室裡傳出了某個同學的聲音，低聲說：「那不是金智英踢的。」原來是坐在走道旁最後一排的女同學。

「那的確是金智英的室內鞋沒錯，但不是她踢出去的，我有看見。」

老師瞬間面露錯愕，向那名女同學問道：

「什麼意思？那是誰踢的？」

女同學面有難色，不發一語，默默看向了罪魁禍首。老師和同學紛紛將視線同樣轉向了女孩所看的位置，終於，坐在金智英隔壁的男孩才吐露了實情。於是老師用比當初教訓金智英還要大一倍的音量和一倍久的時間，面紅耳赤地痛罵了那名男同學一番。

「你之前是不是也一直欺負她？老師全都看在眼裡，今天回家以後，把你欺負金智英的所有行為統統給我寫下，一個也不能漏！明天交來。老師都知道你對她做了哪些壞事，所以別想糊弄我。記得要回家和媽媽一起寫，寫完還要媽媽簽名，聽見沒有？」

男孩心想這下完了，要回家等著被母親修理了，他垂頭喪氣地走回家，金智英則被老師留了下來。

金智英原本還擔心不知道老師又要罵她什麼，沒想到老師竟誠摯地對她說了聲抱歉，說自己理所當然以為是鞋子主人搞的惡作劇，在還沒查明事情緣由的情況下就責備她，實在太不明智了，未來會更小心謹慎處理，並承諾以後不會再發生類似情形。聽完老師說的這番話以後，金智英終於慢慢釋懷，忍不住再次潸然淚下。老師詢問金智英是不是有什麼話想說，還是有什麼事需要幫忙，金智英哭到泣不成聲，勉強啜泣著回答道：

「請……嗚嗚……老師……幫我換其他同學坐我旁邊，然後……嗚嗚……我再也不要和他……嗚……坐在一起了。」

老師拍了拍金智英的肩膀，說道：

「不過智英啊，老師早已看出來了，難道妳都還沒看出來嗎？他是因為喜歡妳啊。」

金智英感到不可思議，瞬間止住了眼淚。

「他才沒有喜歡我，您不是也看到了他怎麼欺負我的嗎？」

老師笑了出來。

「男孩子都是這樣的，愈是喜歡的女生就愈會欺負她，老師會再好好勸勸他，希望你們可以趁這次機會和好，不要在有誤會的情況下換去和別的同學坐。」

原來隔壁男孩喜歡我？欺負我表示喜歡我？金智英愈聽愈糊塗了。她快速在腦海中回想過去發生的每一件事，但是始終無法理解老師所說的話，如果真的喜歡一個人，不是應該要更溫柔體貼嗎？不論是對朋友、家人，還是家裡養的貓貓狗狗，都應當如此，那是就連才八歲的金智英都知道的常識。回想至今被他欺負的種種就已經夠委屈的了，現在自己甚至成了誤會隔壁同學的壞孩子，金智英搖了搖頭說道：

「不要，我非常、非常討厭他。」

隔天，老師幫金智英安排了新座位，換到和總是獨自坐在最後一排的男同學旁邊，因為他的身高是全班最高的。金智英和這名男同學從來未起過任何衝突。

到了國小三年級，一個禮拜有兩天得在學校吃營養午餐，對於吃飯速度較慢的金智英而言，那兩天的午餐時間簡直是煎熬。由於金智英就讀的那間學校剛好是營養午餐示範國小，也是附近學區裡最先開始提供營養午餐的學校，校內擁有一大間整齊乾淨的學校餐廳。每到午餐時間，學生就會按照自己的學號排隊進餐廳裡用餐，但是由於餐廳的規模不足以容納所有學生，所以得趕緊吃完讓位給其他同學。

當其他先吃完的同學像脫韁的野馬在操場上盡情奔跑時，金智英則是用湯匙挖著一口又一口的白飯，努力往嘴巴裡塞。尤其她三年級的班導師絕不允許學生拿太少或者沒吃完，用餐時間倒數五分鐘時，老師會起身開始巡邏，查看每個還沒吃完飯的學生，並用湯匙敲著餐盤，嗒嗒嗒，催促他們趕快吞嚥，指責他們為什麼慢吞吞的。老師愈催促，學生就愈著急，彷彿吞下去的米飯卡在喉嚨，咳咳咳，難以下嚥。心急如焚的孩子只好將白飯和菜統統塞進嘴裡，配著白開水囫圇吞下。

全班四十九名同學中，金智英的學號是三十號。當時是從男同學開始排學號，一號到二十七號全部都是男同學，女同學則是以生日排序，從二十八號開始排到四十九號。幸好金智英是四月生，所以還算早領到餐，其他生日較晚的女同學，幾乎都要等到前面學號的同學吃完準備起身，才能拿到自己的食物坐下來吃飯。因此，大部分被老師責罵吃太慢的都是女同學。

某天，老師身體不適，心情也很差，偏偏值星又沒把黑板擦乾淨，於是全班同學被叫起來罰站，還突然抽查指甲，金智英急忙將兩手伸進書桌抽屜裡，很快用剪刀將指甲隨意修整。吃飯總是最慢的幾名同學那天也吃得膽戰心驚，老師憤怒地用湯匙敲打著同學的餐盤，盤裡的飯粒和小魚乾幾乎快彈到學生的臉上，幾名同學最後再也忍不住，嘴裡含著滿滿的食物放聲大哭。那幾個吃了一肚子委屈和眼淚的學生，在打掃教室時不約而同聚集在教室後方，用簡短的單字、眼神、手勢交談，決定在行完下課禮以後，到榮進市場裡一間老奶奶開的辣炒年糕店集合。

大夥一湊在一起便開始抱怨。

「他擺明了就是拿我們當出氣筒，從早到晚都在挑我們毛病、找我們麻煩。」

「沒錯。」

「一直在旁邊叫我們趕快吞，反而更吞不下去。」

「我們又不是故意慢慢吃或不認真吃，是本來就吃得慢，到底是要我們怎樣？」

金智英也深有同感，老師的行為確實不對，雖然她無法明確指出到底是哪裡有問題，但是她也覺得老師不應該這麼做。或許因為她不習慣表達自己的想法和內心情感，導致這些埋怨不容易像其他同學一樣脫口而出，只是默默坐在一旁點頭附和。這時，和金智英一樣沉默不語的一名女同學柳娜突然開口說道：

「不公平。」

柳娜繼續冷靜地說：

「每次都是按照學號吃飯，太不公平了，我看要請老師重新制定吃飯的順序。」

這是指她要去跟老師反應的意思嗎？這種話真的可以對老師說嗎？雖然當下金智英心中短暫浮現了這個念頭，但是過不久又覺得，如果是柳娜去說應該不成問題，因為她功課很好，母親還是育成會[11]會長。到了禮拜五班級會議時間，柳娜真的舉手向老師提出了她的建議。

「老師，我認為應該要改變吃午餐的順序。」

11 譯注：現今「家長會」的前身，監督學校、教師的團體。

柳娜雙眼直視著老師，條理分明地述說著，要是按學號領營養午餐，學號較後面的同學就會比其他同學晚領到午餐，自然也會吃得比其他同學慢。而每次都是從一號同學開始領，對於後面學號的同學來說也有失公平，所以建議老師應該要定期調整同學的用餐順序。老師雖然依舊面不改色保持笑容，但是可以察覺到他的嘴角微微抽動著。頓時，教室裡瀰漫著一股緊張氣息，宛如橡皮筋已經拉到極限隨時都會斷裂般。明明對老師說這番話的人是柳娜，但是不知為何金智英也感到莫名的緊張，不自覺地一直抖腳。然而，與柳娜四目相望許久的老師，突然笑了一聲，然後說道：

「好吧，那就從下禮拜開始顛倒順序，由學號四十九號開始領營養午餐，每個月就這樣輪一次。」

瞬間，學號較後面的女同學高聲歡呼，爾後雖然進餐廳用餐的順序改變了，但是餐廳裡的用餐氛圍並沒有太大變化。老師依舊討厭學生吃飯吃太慢，還是一樣會緊迫盯人，到老奶奶的辣炒年糕店聚會的成員中，仍有兩名吃飯速度墊底的同學。由於金智英的學號比較中間，每個月不論怎麼輪調用餐順序，對她來說沒有太大差異，但是她總覺得要是吃太慢就輸給其他同學，每次都會賣力地把食物往嘴裡塞，好不容易才成功脫離了吃飯速度墊底的集團。

她得到了微小的成就感。藉由向擁有絕對權力者抗議自認不當的事情，並因此獲得改善，這對柳娜、金智英，以及學號較後面的所有女同學來說，都是一次難得的寶貴經驗。她們稍微有了一點批判性思維和自信，但是她們直到那時都還不知道，為什麼學校要讓男同學先排學號，為什麼男同學總是一號，凡事也都從男同學開始，好像男孩優先於女孩是理所當然之事。永遠都是男同學先開始排隊、先出發、先報告、先檢查作業，而女同學則是趁著男同學在進行這些事項的期間，時而感到慶幸，時而感到無聊，卻沒有人質疑過這樣的順序安排，只是默默等候著什麼時候輪到自己；就好比大家從不曾質疑過身分證上為什麼男生是以阿拉伯數字一開頭，女生則是以二開頭一樣，所有人都理所當然地接受這樣的安排。

國小四年級起，開始由同學自行投票選出班長，每學期投票一次。從四年級到六年級，三年內總共進行過六次投票，但是金智英的班級六次選出的班長都是男生。雖然許多老師會特別挑出五、六位聰明伶俐的女同學，請她們幫忙處理班上雜事或檢查同學作業、幫考試卷計分，還經常把「果然還是女孩比較聰明」的話掛在嘴邊，同學間也一致認同女同學的功課比男同學好，做事比較細心、確實，但是不知為何，每到班長選舉投票時，就一定會選男同學當班長。這不是金智英才有的特殊經驗，當時大部分班級的班長的確都是由男同學擔任。金智英猶記自己剛升上國中那年，母親看到報紙上的新聞吃驚地說道：

「最近國小有很多女班長呢，居然超過百分之四十[12]。我看等我們恩英和智英長大的時候，說不定還會冒出個女總統呢。」

也就是說，至少在金智英就讀國小的時候，女班長根本不到一半，而且相較於過去已經是大幅成長的數字。同時不論是老師指定還是同學自願，學藝股長不約而同總是由女同學擔任，體育股長則是由男同學擔任。

12 資料來源：《韓民族日報》〈誰說女生不能當全校學生會會長〉，一九九五年五月四日。

金智英國小五年級時，全家人搬到了一棟大街旁新落成的獨棟建築，房子位於三樓，室內有三房一廳（客廳兼餐廳）和一套衛浴，比起之前住的地方空間大了一倍，便利性也有過之而無不及，這都要歸功於父親的薪水加上母親的收入積少成多才有辦法買下。尤其母親在事前就仔細比較過各家銀行推出的金融商品及其利率與優惠，把錢投資在財形儲蓄[13]、購屋儲蓄存款、特別存款上，也和一些社區值得信賴的阿姨標會，藉此賺進了不少收入。但是後來阿姨和遠親紛紛邀請母親跟會時，母親反而斷然拒絕了她們的邀約。

「最不值得信任的人就是遠房親戚，我可不想最後搞得人財兩失。」

他們先前住的房子因為陸續經過整修和裝潢，所以家中混搭著奇妙的復古風和現代風。原本是庭院的位置鋪上了木質地板，變成客廳兼廚房，但是沒有暖房設備；整齊鋪設磁磚的浴室，因為沒有洗手臺和浴缸，得先把水接在一個超大的塑膠桶裡，再用水瓢

13 譯注：從每個月的薪水扣掉一定金額進行儲蓄，許多大企業和部分中小企業都有這項服務。

舀來洗臉、洗頭、洗澡。而設有坐式馬桶的窄小廁所，則獨立於大門外，所以為了上廁所還得走到戶外才行。然而，新家的房間、客廳和廚房都裝了暖房設施，廁所和浴室也設置在屋內，回到家以後就再也不必像以前一樣，換外出鞋到其他地方使用廁所。

他們姊弟也終於有了各自的房間，最大的那間由父母和最小的弟弟使用，第二大的房間屬於金智英和姊姊共用，最小的房間則成了奶奶獨享的房間。雖然父親和奶奶提議應該要讓兩姊妹和奶奶同住一間，弟弟獨自一間，但是母親的態度十分堅定，認為總不能讓兩個孫女一直和年事已高的奶奶住在一起，應該要讓奶奶有自己的房間，可以舒適地睡覺、收聽廣播、聽佛經、睡午覺。

「兒子都還沒去上學呢，幹嘛需要自己的房間，反正晚上肯定會睡到一半抱著被子跑來找我們。兒子啊，你想要自己睡還是跟媽媽睡？」

七歲的老么奮力搖了搖頭，表示絕對、絕對不要自己睡。最後也如母親所願，姊妹倆擁有了屬於她們的房間。據說母親為了布置女兒房間，另外偷存一筆私房錢，她買了兩組一模一樣的書桌，並排靠在採光良好的窗邊，還買了新的衣櫥和書櫃，擺放在兩側牆面，又重新添購兩組單人寢具，包含棉被、毛毯和枕頭，還在牆上貼了一張超大的世界地圖。

「妳們看，首爾在這裡，根本只是個小點！我們現在就是住在這個小點裡呢。就算去不了每個國家，也要知道世界原來這麼大啊。」母親對著姊妹倆說道。

一年後，奶奶過世了，奶奶的房間成了弟弟的房間，但是弟弟還是有好長一段時間會半夜醒來，抱著棉被跑去睡在母親身邊。

1995 年～ 2000 年

金智英就是受這樣的教育長大的——女孩子凡事要小心、穿著要保守、行為要檢點，危險的時間、危險的人要自己懂得避免，否則問題出在不懂得避免的人身上。

金智英就讀的國中，距離他們家要走十五分鐘才會抵達。姊姊也和她讀同一所國中，姊姊入學時，那間學校還不是男女合校，而是女中。

截至一九九〇年代為止，韓國一直都是出生性別比嚴重失衡的國家，在金智英出生的那年，也就是一九八二年，平均每一百名女嬰出生，相對應會有一百零六點八名男嬰出生，後來生男嬰的比例愈漸提升，到了一九九〇年，甚至高達一百一十六點五名[14]，自然出生的男女嬰性別比例，則維持在一百零三到一百零七比一百。當時學校內男同學已經偏多，未來人數顯然只會更多，但是男生能夠就讀的學校並不足夠。在男女合校的學校裡，雖然男生班是女生班的兩倍，但是在同一所學校裡性別比過度失衡也是一大問題，再者，叫學生放棄離家近的學校，特地大老遠跑去讀某間女中或男校也不合理。所以在金智英入學的那年，學校改成了男女合校，由此開始，幾年內其他女中和男校也相繼轉型成男女合校。

那是一所很普通的學校，由於操場很小，所以學生跑百米時得往對角線跑才行，建

14 資料來源：「人口動態件數及動態率推測」，南韓統計廳。

築牆面的油漆也經常剝落，是一間又小又舊的公立國中。老師對於服裝的規定有些嚴格，對學生也十分嚴厲。根據金智英的說法，學校變成男女合校以後情況更為嚴重，女生的制服裙子長度一定要蓋過膝蓋，也不能露出臀部和大腿曲線；夏季制服的白襯衫因為很容易透出內裡穿著，裡面規定要穿著圓領無袖白汗衫，不能擅自改穿細肩帶背心或白色T恤，不允許穿著有顏色或者帶有蕾絲的款式，襯衫裡只穿內衣更是萬萬不可。此外，女同學夏天一定要著膚色絲襪配白色短襪，冬天則要穿上學生專用的黑色絲襪，不可以擅自更換成透膚的黑絲襪，也不可以多加襪子在外面；而且不能穿運動鞋，只能穿皮鞋。在寒風刺骨的冬天，卻只能穿一雙絲襪，還要套上不保暖的皮鞋，可想而知雙腳會多麼冰冷，冷到讓人想哭。

然而，男同學除了不可以把褲管修改得過寬或者過窄，其他不符合校規的穿著，老師通常都會選擇睜一隻眼閉一隻眼。男生在夏季白襯衫內可以穿白色背心或棉質圓領衫，有時他們甚至會在裡面穿灰色或黑色等有顏色的圓領衫，要是覺得熱，還可以解開幾顆襯衫的鈕扣，中午或下課休息時間也經常只穿一件T恤在校園內活動。他們可以穿各種類型的鞋款去學校，舉凡皮鞋、運動鞋、足球鞋、慢跑鞋等，都不成問題。

有一次，一名女同學穿運動鞋走進校園，在校門口被教官攔了下來，當時女同學向教官抗議，為何只允許男同學穿運動鞋和棉質圓領衫，結果老師以男同學時時刻刻都需要運動為由，這樣回覆道：

「男孩子整天跑跑跳跳的，下課十分鐘都不會乖乖待著，一會兒踢足球，一會兒又要打籃球、打棒球，甚至玩跳馬背，怎麼可能叫他們整天穿皮鞋、襯衫，還得把扣子扣到最上面呢？」

「您以為女孩子是討厭這些規定所以才故意不遵守嗎？是因為真的很不方便啊！穿裙子又穿絲襪還要配皮鞋，實在有夠不方便，我國小的時候也是每到下課就和同學一起玩跳馬背、跳橡皮筋、跳格子啊，從來沒有乖乖坐著呢。」

最終，女同學因為服裝不合格，加上態度不佳、不知悔改，被教官懲處要學鴨子走操場。教官特別叮囑，蹲著走很容易走光，記得要把裙襬抓牢，但是這名女同學從頭到尾都沒有理會自己的裙襬，每走一步路就會被人看見裙底風光，走完操場一圈以後，教官不得不中斷體罰。另一名同樣因為服裝不合格而被叫到辦公室的同班同學問她為何不抓緊裙襬，她答道：

「我就是要讓他親眼看看這身服裝有多不方便。」

雖然在那之後，校規依舊沒有任何更改，但不知從何時起，教官和老師對女同學穿棉質圓領衫和運動鞋也漸漸放寬標準，不再百般刁難。

學校對面有個出了名的暴露狂，多年來都在固定時間、固定場所出沒，是「在地」的暴露狂，每次都會選在一大清早學生準備進校園時，敞開身上僅穿的大衣，讓一絲不掛的裸體呈現在女同學面前，而他只要看見女學生嚇得花容失色，驚聲尖叫，四處竄逃，就會興奮不已；下雨天時，則會選在一處空地暴露自己，那塊空地正好是從女生班二年八班教室窗外看出去最明顯的地方。金智英升上國中二年級以後，剛好被分配到八班，看見自己的名字被排在八班的女同學都面露錯愕，隨即也有人開始發出咯咯笑聲。

早春時分，新的學年才剛開始不久，前一晚春雨綿綿，上午白霧依舊瀰漫，第三節課結束後的下課時間，班上的大姊頭坐在教室最後一排，倚著窗望向外頭。她突然發出一聲「喲呼」，分不清那是在揶揄還是歡呼。班上幾個比較愛玩不愛讀書的女同學也全部湊到了窗邊，對外高喊著：「大哥！再一次！再一次！」然後捧腹大笑。金智英的座位距離窗邊較遠，她坐在自己的位子上，朝窗戶伸長了脖子，卻什麼也沒見著。她其實很好奇，但又覺得要是跑過去湊熱鬧也太害羞，實在沒勇氣親眼看那暴露狂的裸體。後來她聽聞坐在窗邊的同學說，那天那名暴露狂在同學們的鼓噪下，反而更加充滿自信，一副像是要報答學生的熱情歡呼般，擺出了更多出乎意料的姿勢。

正當教室裡處於一片混亂的時候，班導師突然從教室前門走了進來。

「剛剛在窗邊喊叫的那幾個！出來！全部都給我出來！」

坐在窗邊的同學一個接一個走到了教室講臺前，她們向老師辯解著自己只是坐在位子上，沒有喊叫，也沒有看窗外。於是老師自行從那幾名同學中選出五名平時最常惹事的帶回了辦公室，第四節課時，她們集體遭受體罰，還要寫悔過書，直到中午才回到教室，而這五人之中也包含那名大姊頭，她回到教室以後，朝窗外「呸！」一聲吐了一口口水。

「馬的，有錯的人應該是那愛脫愛露的傢伙吧，我們到底哪裡做錯了？居然不是去抓那死變態，而是叫我們悔過反省，反省個屁！今天又不是老娘我站在那裡脫光給人看。」

其他同學紛紛轉頭竊笑，大姊頭又朝窗外連吐了好幾次口水，但好像還是難解她心頭之恨。

從那天起，原本總愛遲到的悔過書五人組，突然變成班上最早到的一群人，只不過通常整個早上她們都會呈現趴在書桌上昏昏欲睡的樣子。雖然她們突如其來的轉變顯得不太尋常，但因為沒有做出特別不當的行為，所以老師也拿她們沒話說。不久後，該來的終究還是來了。某個早晨，大姊頭與暴露狂正好在巷子裡狹路相逢，當時躲在大姊頭身後的其他四名成員瞬間朝暴露狂飛撲而上，用早已備好的曬衣繩和皮帶將他綑綁制伏，拖去了附近的派出所交給警察處理。後來在派出所裡發生了什麼事、最後暴露狂又落得什麼下場，就不得而知了。總之，後來再也沒有人見到暴露狂，而那五名同學也因此被學校記過，一週不得聽課，得在辦公室旁的學生會辦公室裡寫悔過書懺悔。有時老師們經過還會用手敲一下她們的頭，說著：

「女孩子怎麼這麼不知羞恥，把學校臉全丟光了，真是不要臉！」

大姊頭都會在老師離開後低聲說一句「馬的」，並朝窗外吐一口口水。

金智英的初經是在國中二年級來的，相較於同儕不算早也不算晚，她的姊姊也是在國中二年級才開始來月經，金智英從小就和姊姊的體型十分相像，就連飲食偏好都差不多，兩個人的成長速度也一致，所以一直以來，金智英都可以直接接收姊姊穿過的衣服，也早有預感會在國二那年來月經。金智英冷靜地從姊姊的書桌下第一格抽屜裡取出一片天藍色包裝的衛生棉來使用，並告訴姊姊她來月經的事。

「唉，看來妳的好日子也過完啦。」

金恩英不假思索地脫口而出這句話。金智英不曉得該不該對家人說這件事，也不知道該如何開口，於是金恩英代替她告訴了母親這件事。母親得知此事後，沒有任何表示。這天父親說他會晚點回家，白飯又不夠所有人吃，母親與三姊弟決定晚餐煮泡麵，順便把剩飯一併泡進湯裡。當母親端出裝滿泡麵的鍋子和四副碗筷時，弟弟搶先把自己要吃的泡麵盛進了碗裡，金恩英見狀便朝著弟弟的頭狠狠敲了下去。

「欸，你自己把麵都夾走，那我們吃什麼？還有，應該要等媽媽先盛才對吧，你怎麼這麼沒大沒小？」

金恩英在母親的碗裡裝滿了麵、湯和完整的一顆雞蛋，然後再把弟弟碗裡的麵夾走一半，裝進自己的碗裡，於是母親將自己碗裡的麵再次分給弟弟，金恩英再也看不下去，大聲痛斥道：

「媽！您就吃吧！以後乾脆全部分開來煮，一鍋煮一包，每個人吃自己的！」

「妳什麼時候這麼關心媽啦？不過是泡麵而已，有什麼好小題大作的，一鍋煮一包，那誰來洗那麼多鍋子？妳要洗嗎？」

「我洗就我洗啊，洗碗、打掃這些事我都會做，摺衣服也難不倒我，智英也會做這些事。在我們家裡，只有一個人不會做家事。」

金恩英怒氣沖沖地把目光盯向弟弟，母親則是摸了摸弟弟的頭說道：

「他還小嘛。」

「哪裡小？我從十歲就開始幫智英準備書包、學校用品，還看著她寫作業呢。我們在他這年紀不僅就會拖地、洗衣服，還自己煮泡麵、煎荷包蛋來吃。」

「他是老么嘛。」

「什麼老么！我看因為是兒子的關係吧！」

金恩英「啪！」的一聲把筷子放在桌上，轉身便走進了自己的房間。母親的表情百感交集，看著緊閉的房門不免長長地嘆了一口氣；金智英一心只想著那鍋麵會不會放太久糊掉，但又不敢輕舉妄動，只好一直察看母親的臉色。

「要是奶奶在世，肯定會臭罵你大姊一頓：『哪有女孩打男孩頭的！』」

老么一副事不關己的樣子，自顧自地吸著麵條，於是又被金智英敲了一下頭頂。母親沒有特別去哄大女兒，也沒有對金智英生氣，只默默地舀了一匙泡麵湯進她的碗裡。

「以後要多吃點熱的，衣服也要記得穿暖了。」

金智英聽聞有些同學的爸爸得知女兒初來月經以後送了一束花給她們，有些同學則是和家人一起切蛋糕來慶祝，但是大部分的女同學只會把這件事情與母親、姊姊或妹妹分享，甚至將月經視為是某種麻煩、疼痛、羞於啟齒的祕密——金智英的家庭也不例外。母親似乎也認為這是一件不該說出口的事情，甚至避免直接談論，只含蓄地舀一杓熱騰騰的泡麵湯給金智英，表示關心。

那天晚上，金智英帶著焦慮不安的心躺在姊姊身旁，她回想著晚餐時發生的事情，關於月經與泡麵，泡麵與兒子，兒子與女兒，兒子與女兒以及家事。幾天後，姊姊送了她一個手掌般大小、附有拉鍊的帆布包，裡面裝有六片中型衛生棉。

瞬間吸收、有蝶翼等這些類型的衛生棉，都是幾年後才逐漸普及。當時購買的衛生棉都會用黑色塑膠袋包起來帶回家，衛生棉上的背膠也很不牢固，經常黏不住內褲，甚至還會擠成一團，吸收力也不佳。晚上睡覺時儘管再怎麼小心翼翼，還是免不了翻身時經血外漏，早上醒來經常會發現衣服、被子上沾有血跡，尤其夏天穿著輕薄衣物時，血跡更是清晰可見。每當金智英早上睡眼惺忪地起床準備上學時，她來回穿梭在廚房與客廳之間，洗臉刷牙、吃早餐，母親都會被金智英身上沾著的經血嚇得驚慌失措，急忙戳著金智英的腰間暗示她快去更換，而金智英都會像犯了什麼滔天大罪似的倉皇逃進房間內。

比起經期時的各種不便，更令她難以忍受的是生理痛這件事。雖然她早已從姊姊那裡耳聞，多少有些心理準備，但是每到生理期第二天，經血量就會變得特別多，胸部、腰部、下腹部、骨盆和臀部，甚至是大腿，都十分腫脹痠痛，彷彿有人在用力拉扯或扭轉這些部位一樣。雖然學校醫護室會提供熱敷袋，但是由於裝著熱水的紅色熱敷袋體積實在過大，再加上有一股很濃的橡皮味，金智英總覺得敷著那個東西好像是在到處宣傳自己正處於生理期，感覺不是很好；要是吞一顆對頭痛、牙齒痛、生理痛都有效的止痛藥，則會引發噁心、頭暈等副作用，所以還不如乾脆硬撐，畢竟是每個月都會有的事，每次又都會拖上好幾天，要是習慣性依賴藥物，想必也不是什麼好事。

金智英一隻手扶著下腹部趴躺在房間地板上，另一隻手在寫作業，嘴裡還不斷念念有詞：「我實在不能理解……這世上有將近一半的人每個月都要經歷這件事，要是哪一家藥廠能開發出有效又沒副作用的生理專用止痛藥，那麼那間製藥廠肯定會發大財的啊。」姊姊遞了一瓶裝熱水的寶特瓶給她，外頭包裹著毛巾。

「就是說啊，都什麼時代了，癌症能治療、心臟也都能移植了，居然連個專治生理痛的藥都沒有，真是的！難道藥效發揮在子宮裡會出什麼大事嗎？還是說這裡是不容侵犯的聖地啊？」

姊姊指著自己的下腹部說道。金智英抱著熱水瓶咯咯笑著。

後來，金智英被分發到一間距離自家有十五分鐘車程的女子高中就讀，並在一間需要搭半小時公車才會抵達的知名補習班補數學，週末則經常搭一小時的公車到大學附近的商圈吃喝玩樂。自從升上高中以後，她的生活圈瞬間擴增，才發現原來不僅世界極其廣大，就連變態也極其繁多。在公車或地鐵上經常有不經意的鹹豬手擦過妳的臀部和胸部，也有一些變態會大剌剌地緊貼著妳的大腿或背部磨蹭，還有那些補習班哥哥、教會哥哥、家教哥哥，會莫名其妙把手搭在妳肩膀上、順著妳的後頸向下滑，眼睛還不時盯著妳衣領和襯衫鈕扣之間，然而，女孩子往往都只是選擇迴避、逃離現場罷了，從不敢吭聲。

就算是在校園內也不能讓人放心，因為總是有男老師喜歡捏女同學的手臂內側較細緻的肉、拍女同學的屁股，或者用手在女同學背部有內衣扣環的地方上下滑動。金智英高一時，班導師是一名五十幾歲的男老師，他的手裡總是喜歡拿著一支伸著食指的「愛的小手」，每到檢查制服名牌時，他就會假藉檢查之名，行戳女學生胸部之實，甚至在檢查制服時也會掀開女學生的裙襬。有一次在早會結束後，班導師不小心把那支拍子遺留在教室講臺，於是經常被檢查制服名牌的一名大胸部女同學便走向講臺，狠狠把那支愛的小手摔在地上，一陣猛踩，將它踩得支離破碎，然後忍不住情緒潰堤。坐在教室前排的同學趕緊將散落一地的拍子碎片撿起，扔進垃圾桶內，坐她隔壁的同學則不停安慰著她。

相較於其他需要打工的女同學，金智英還算幸運，只需要往返學校和補習班。那些身處打工環境裡的女同學，實在遇過太多會藉故接近她們的老闆，不是以穿著或工作態度需要改進為由，就是以打工薪水作為要脅，甚至還有客人自以為付了錢除了能夠買到商品，也能順便買到性騷擾年輕女孩的權利。這些女同學的內心深處早已逐漸累積對男人的恐懼和幻滅，但她們都還未察覺。

某天，補習班開設了一堂特別講座，金智英聽完既有的補習班課程再加上特別講座以後，早已是深夜時分。金智英站在公車站牌下打著哈欠等待公車，突然，一名男同學向金智英打招呼：「妳好。」金智英看了對方一眼，覺得雖然有點面熟，但並不認識。金智英心想應該是一起補習的同學，尷尬地點了個頭作為回應。而原本站在距離金智英三、四步外的男同學，隨著兩人之間的其他乘客都逐一搭上公車離開後，悄悄地移動到金智英的身旁。

「妳搭幾號公車呢？」

「啊？幹嘛？」

「感覺妳需要人送啊。」

「我？」

「嗯。」

「沒有耶，不需要喔，你先走吧。」

雖然金智英很想問對方「你是誰？你認識我嗎？」但是直覺告訴她最好不要跟對方說那麼多，所以她故意轉開視線，望向馬路上閃爍的車燈。終於，金智英的公車來了，她假裝沒看見，刻意等到最後一刻公車快要關門離開前才趕緊跳上車，沒想到那名男同學也緊跟在後，追了上來。金智英不斷透過公車車窗上反射的影子偷看那名男同學的背影，她只要一想到對方應該也正在透過車窗看自己，就感到不寒而慄。

「同學，妳還好嗎？哪裡不舒服嗎？來，這裡給妳坐。」

一名看起來像是上班族的女子，滿臉倦容地將自己的座位讓給嚇到冷汗直流、臉色慘白的金智英。金智英為了向該名女子求救，緊抓對方的指尖不停向女子使眼色。女子沒有意會出金智英的求救暗號，反而一直詢問：

「身體很不舒服嗎？是要我帶妳去醫院嗎？」

金智英搖著頭，為了避免男同學看見，她把手刻意放到下面，然後舉起大拇指和小指，比出電話筒的手勢。女子來回看了看金智英比出的手勢和表情，歪頭思索了一會兒，便從包包裡取出自己的手機，悄悄地遞給了金智英。金智英低著頭，遮擋著手機螢幕，趕緊寫了一封簡訊給父親。**我是智英，快到公車站牌接我，拜託。**

公車快要抵達家門口站牌時，金智英急迫地望向車窗外頭，卻不見父親的身影。那名男同學就站在金智英的身後，下車門終於開啟，雖然金智英當下非常害怕下車，但是那麼晚的時間，她也無法刻意坐過站繞去其他陌生的社區。金智英在心裡默念祈禱著：「拜託不要跟來，不要跟來，不要跟來……」她走下了公車，站在四下空無一人的公車站牌前，男同學也緊跟在後下了車。下公車的人只有他們倆，偏僻的公車站牌就連一名路人都找不著，甚至路燈還故障，周遭一片漆黑。男學生緊貼在嚇到全身僵硬的金智英身後，低聲說道：

「妳每次都坐我前面啊，還會笑著傳講義給我，每天都會在教室走廊上面帶微笑地對我說：『我走囉！』怎麼今天卻把我當成色狼呢？」

金智英嚇傻了，她根本不曉得坐在後座的人是誰，傳講義時自己又是用什麼表情面對別人，也不記得自己對擋在走廊上的人說了哪些話，請對方借過。就在那時，原本駛離的公車突然停了下來，剛才那名上班族女子急忙跳下車喊道：

「同學！同學！妳忘了這個！」

女子將原本自己圍著的圍巾拿在手上，一邊揮著一邊朝金智英跑去，那圍巾看就不像是高中生金智英會圍的，男同學見狀罵了一句：「兩個臭婊子。」然後快步離開現場。女子跑到了公車站牌下，金智英也瞬間跌坐在地，放聲大哭。父親這時才從巷子裡氣喘吁吁地跑了出來，金智英對女子和父親簡單解釋，說那名男同學是補習班的同學，但對他毫無印象，感覺是自作多情誤以為金智英對她有好感。上班族女子、金智英、父親三人並排坐在公車站牌前的長椅上，等待著下一班公車到來。父親對女子表示自己因為臨時跑出門，所以身上沒帶一毛錢，應該要幫她攔個計程車才對，實在不好意思，希望日後還能有機會好好答謝。女子揮了揮手，說道：

「計程車更可怕呢。這位同學好像嚇得不輕，再請您多安慰安慰她吧。」

但是金智英那天回到家以後，反而被父親嚴厲地斥責了一頓，為什麼偏要去那麼遠的補習班補習、為什麼要跟陌生人說話、為什麼裙子那麼短……金智英就是受這樣的教育長大的——女孩子凡事要小心、穿著要保守、行為要檢點，危險的時間、危險的人要自己懂得避免，否則問題是出在不懂得避免的人身上。

後來母親主動聯絡了那名女子，並表示不管是計程車費、小禮物，或者是一杯咖啡、一袋橘子也好，都希望能向她表示謝意，但是女子最終還是婉拒了母親的謝禮。後來金智英覺得自己應該親自向女子道謝，於是再度打了一通電話，女子表示幸好沒發生什麼事，也安慰金智英，告訴她「這不是妳的錯，這世界有太多奇怪的男人，是那些人有問題，絕對不是妳的問題。」聽完這番話的金智英突然悲從中來，淚流滿面。女子在電話那頭又補充道：

「但妳要相信，這世界上有更多的好男人喔！」

最後，金智英決定不再去那間補習班上課，有好長一段時間，只要入夜以後便不再靠近那個公車站牌。金智英的臉上不再帶有笑容，和陌生人連眼神都避不交會。她害怕所有男性，在樓梯間和自己的親弟弟相遇都會不自覺尖叫，每次遇到這種時候，她就會想起女子曾經對她說過的那句話：「不是妳的錯，這世上有更多的好男人。」要是女子沒有對她說這番話，她恐怕要花更長時間才有辦法走出這段陰影。

原以為與自己無關的亞洲金融風暴，怎麼也沒料到會波及到金智英的家庭，身為公職人員的父親，照理說捧的應該是個鐵飯碗，裁員、提前榮退等這些事情，彷彿只會在金融界或大企業裡出現，結果在公務員之間也掀起了一股組織調整風潮，父親慘遭主管勸退，希望他自己可以主動提出辭呈。父親的同事各個都像是吃了秤砣鐵了心一樣，不論如何都要死賴著不走、撐到最後一刻，父親亦是如此，但心中依舊忐忑不安。雖然之前薪水不多，但至少每個月的收入都很穩定，父親一直都很自豪，自己可以用微薄的薪水養活一家人。儘管他一如往常地認真工作，腳踏實地，沒有做錯任何事，生活卻突然備受威脅，這是令他最感錯愕又徬徨失措的。

偏偏當時金恩英剛好就讀高三，儘管家裡的氣氛降到了冰點，但是金恩英還是不受周遭環境影響，努力顧守著自己的課業成績。雖然她的成績不到名列前茅，但是整個高三那年，成績節節提昇，最後得到了她自己也滿意的聯考成績。

母親小心翼翼地詢問著大女兒，要不要選填一所位於地方城市的教育大學，這是母親苦思許久後才想出的辦法。因為眼下情況是老一輩的人已經被社會淘汰出場，而年輕一輩的則還沒投入職場、找到工作。原以為退休後會有保障的父親也變得飯碗不保，下面還有金智英和弟弟要撫養，大環境的景氣卻持續低迷。母親希望金恩英可以為自己也為家人選擇一間畢業後較容易找到安穩工作的大學就讀，更何況教育大學的學費也比其他大學便宜，但是當時公務員和教師早已是熱門行業，進入教育大學的門檻創下歷年來新高，以金恩英的聯考成績，雖然可以順利進入首爾的大學，但要擠進首爾的教育大學根本無望。

金恩英的夢想是成為電視製作人，當然早已想好要選填大眾傳播相關志願，也按照自己的成績列出有機會考上的學校，並找出這些學校往年的論述考試[15]考古題來閱讀。因此，當母親提議就讀教育大學時，金恩英連一秒鐘都沒有考慮，便斷然表示不願意。

「我不想當老師，我有我想做的事，而且我也不懂為什麼要跑去離家那麼遠的地方讀大學。」

「妳要想遠一點啊，還有什麼工作比當老師更適合女生的？」

「當老師有什麼好的？」

「早下班啊，還有寒暑假，又容易有休假，等妳以後有了孩子還要上班就知道，沒有比這更好的工作了。」

15 譯注：韓國的大學聯考在每年十一月進行，考完的週末是各大專院校各自舉辦的論述考試，有點類似臺灣的作文考試，但是是以申論題出題。

「這確實是一份能兼顧小孩的工作，那應該對所有人來說都是好工作才對，為什麼只有對女生來說是好工作？孩子難道是女人自己生的嗎？媽，妳也會對兒子說這些話嗎？妳也會勸弟弟去讀教育大學？」

金恩英和金智英姊妹倆，從小到大從未聽人說過要她們找個好老公、嫁進好人家、當個好媽媽、要會做飯等這些話，當然，她們從小也的確做過很多家事，但那都只是單純幫父母親分擔家事而已，她們認為這是身為兒女本來就應該要做的事，並非因為自己是女孩所以要學著做這些事情。隨著姊妹倆年紀漸長，父母親最常叨唸她們的也只有兩點；一是生活習慣或儀態，例如走路要抬頭挺胸、把書桌整理乾淨、不要在燈光昏暗的地方看書、書包要整理好、要跟長輩問好之類的，二就是叫她們去讀書。

這年頭似乎已經不再有父母認為女孩就不用讀書，或少讀一點也無所謂，女孩和男孩一樣穿制服、揹書包去上學，早已是天經地義的事情，女孩也和男孩一樣思考著自己的出路，規劃自己踏入社會後的未來，並努力競爭，只求能在這社會中生存。兩姊妹那個年代，剛好趕上女權意識抬頭，女性地位提升，社會風氣是鼓勵並支持女性的。金恩英二十歲那年，也就是一九九九年，政府制定了禁止性別歧視的相關法案，而在金智英二十歲那年，亦即二〇〇一年，國家行政機關則出現了「女性部」[16]，但是每到關鍵時刻，「女性」的標籤就會默默遮住人民的雙眼，轉移人民的腳步，使人民走回頭路，所以總是使人感到驚訝困惑。

「更何況我連自己會不會結婚生子都不知道，噢，說不定在那之前先沒了小命也不一定，幹嘛非得想那麼遠，反而不能做現在真正想做的事呢？」

母親轉頭望向貼在牆上的那張世界地圖，不發一語地凝視了許久，地圖的邊邊角角早已被磨得老舊泛黃，上頭貼有幾個綠色和藍色的愛心貼紙。那是金恩英當初把原本要用來貼行事曆的貼紙送給金智英，建議她把想去的國家標示出來，最後金智英把貼紙貼在了美國、日本、中國等大家耳熟能詳的國家，金恩英則是把貼紙貼在丹麥、瑞典、芬蘭等北歐國家。母親問她為什麼想要去那些國家，金恩英答道：「因為感覺那邊韓國人

16 資料來源：女性家族部官網。現已更名為女性家族部。
譯注：此行政機構與臺灣的「行政院性別平等會」相似，主要負責女性相關政策，成立於二〇〇一年，二〇〇五年六月擴張改組成「女性家族部」。

比較少。」母親也心知肚明那些貼紙背後的含意。

「好吧，是媽不對，我不應該出那主意的，先把論述考試準備好再說。」

母親說完轉過身。金恩英突然叫住母親：

「是因為學費比較便宜的關係嗎？還是因為未來出路比較有保障？因為畢業後馬上就能賺錢嗎？爸的工作都已經難保了，下面還有兩個小的弟弟妹妹要養，是嗎？」

「是啊，多少也是因為考量到這些因素，但這些原因只占了一半，另一半主要還是因為我覺得教師是很不錯的職業。不過現在我改變主意了。我同意妳的說法。」

母親誠實地回答了女兒的提問，金恩英再也沒有說話。

金恩英找了一些國小教師的資料，與升學指導老師也面談過好幾次，親自走訪過一所位於地方城市的教育大學後，她買了一份該所大學的志願表帶回家。這次反而是母親勸她三思，因為母親自己就曾為家人和手足放棄過自己的夢想，所以她比誰都還要明白那些委屈。不知從何時起，母親與舅舅幾乎不再往來，當初犧牲小我完成大我的後悔與埋怨日漸加深，最終，那份心理傷痛也搞砸了家人之間的關係。

金恩英向母親澄清，自己絕不是什麼犧牲，她重新思考過電視製作人這份工作，發現自己並不瞭解這個職業，只是懷有不切實際的憧憬，正確來說，具體的工作內容是什麼她也都不知道。其實從小她就很喜歡帶著弟弟妹妹念故事書給他們聽，從旁指導他們寫作業，也很喜歡一起做勞作、畫圖，所以覺得自己的性格應該更適合當老師。

「的確就像媽所說的，老師是個不錯的職業，早下班、有寒暑假、穩定，最主要是要去教那些小毛頭，多酷啊！當然，可能很多時候都是在吼叫也不一定。」

金恩英把志願單遞進了那間親自走訪過的教育大學，最後順利錄取了，也幸運抽中了學校宿舍。那年，金恩英還未滿二十。母親在難掩內心喜悅的女兒面前，叮囑了一些她根本聽不進耳裡的話，教了她一些簡單的生活自理方式便返回家中。母親把頭趴在空蕩蕩的金恩英書桌前，潸然淚下，懊悔著自己不應該讓那麼年輕的金恩英獨自離家生活，應該要讓她去讀自己真正想讀的學校才對，不應該把女兒的一生變得跟自己一樣……她已經分不清到底是心疼女兒還是心疼當年的自己。

「姊姊是真的想去上教育大學，她每天都抱著學校手冊睡覺呢，妳看，都被她摸到皺巴巴的了。」

金智英清楚知道，只有這麼說才能多少給予母親一點安慰。母親接過那本學校手冊，看著頁角摺痕處都已經被金恩英翻到快要剝離脫落，才終於止住了眼淚。

「真的耶。」

「媽，妳都養她快二十年了，難道還不知道她的性格嗎？姊是那種會勉強自己去做不喜歡做的事情的人嗎？她是真的喜歡才做這決定的，所以媽也別再自責了。」

母親的情緒明顯緩和許多，神情也逐漸變得開朗，她走出了房門，獨留金智英自己在房間內，沒有姊姊的房間顯得有點陌生、冷清，但金智英非常高興，終於可以獨自使用這間房，她開心得彷彿要飛上天一樣，躺在房間的地板上滾來滾去，高聲歡呼。這是她第一次擁有屬於自己的房間，她甚至希望可以馬上把姊姊的書桌搬出去，改放一張床在那裡，睡床一直以來都是她的心願。

金恩英選填的大學志願，對全家人來說都是非常有利的。

父親最終選擇了提早榮退。剩餘的人生還很漫長，世界卻出現極大轉變，辦公室裡每個人的座位上都開始擺著一臺電腦，但父親只會用兩隻手的食指一一敲打鍵盤。他早已是可以領年金的年紀，工作年資也都達到領取年金的規定，父親想趁還可以領大筆退休金的時候，趕緊開始自己的第二人生。但是儘管如此，老大才剛上大學，下面還有兩個孩子要養，父親卻選在這個節骨眼離職，就算是涉世未深的金智英，也看得出是個風險極高的決定。金智英對於父親所做的離職決定感到有些不安，但是出乎意外地，母親反而對這件事毫無意見，不擔心、不責怪，也沒有勸阻父親。

領到退休金的父親決定自己做生意，和他一起退休的同事提議，要不要一起從事與中國貿易的事業，父親聽聞這件事情以後，決定把大部分的退休金統統都投進去，母親這下才表示極力反對，不願再坐視不管。

「孩子他爸，你過去撫養我們一家人已經夠辛苦了，謝謝你，現在開始好好享福吧，乾脆去遊山玩水，別再提什麼中國貿易了，連中國的『中』字都別說，你要是投資，我就馬上跟你離婚。」

金智英的父母雖然不常對彼此表達愛意，但是每年一定都會兩個人單獨出國，也經常深夜出門看午夜場電影，或者小酌兩杯再回家。他們在孩子面前從未吵過架，每當家中需要做重大決定的事項，母親就會小心翼翼地提出自己的意見，父親大部分也都會聽從母親的意見。兩人結婚二十年來，父親一意孤行所做的第一件事便是選擇退休，接著在不瞭解當前經濟情勢的狀態下，就想要貿然經商，兩人之間開始出現了前所未有的情感裂痕。

兩人關係依舊緊繃的某天，父親正準備要外出，在衣櫥裡不斷翻找著某樣東西，他問母親：「那個在哪裡？」母親默默從衣櫥抽屜裡取出了一條靛藍色針織毛衣，遞給了父親。「還有那個，那個在哪？」母親又幫父親找出了一雙黑色長襪。「再給我那個……」母親幫父親戴上了手錶說：

「比你還要了解你的人是我，你有其他更擅長的事情，所以還是打消那中國貿易的念頭吧。」

父親最終真的放棄了那項中國事業，決定好好來開店做生意。母親將當初為了投資而買下的公寓轉手賣掉，剛好賺到一些房價上漲的價差，加上父親的退休金，她用這些錢在新蓋的一棟住商混合大樓，買下了一間尚未售出的一樓店面。其實相較於買下這間店面的價格，它的地點並不算很好，也不在大馬路邊，但母親似乎還是認為有其投資價值，因為周遭的老舊住宅正在改建成社區型公寓，而且既然要做生意就得有店鋪，與其每個月付租金或買下既有店鋪的權利金，不如乾脆買尚未有人認購的店面。

父親經營的第一間店是韓式燉雞專賣店，當時有一間連鎖燉雞專賣店正流行，於是父親選擇加盟，剛開幕就吸引許多客人朝聖，甚至出現長長的排隊人龍，生意好得不得了；然而，好景不常，過不久後那股熱潮就慢慢消退了。父親的生意雖然不至於慘賠，卻也沒賺到什麼錢，所以最後就收掉了。後來，父親又開了一間炸雞店，名義上是炸雞店，實際上卻是販賣酒精飲品的酒店，每天都要營業到凌晨，原本生理時鐘早已習慣朝九晚六的父親，因為長時間熬夜工作而急速老化，過沒多久，便以顧及健康為由草草收掉了這間店。然後父親又開了第三間加盟的連鎖麵包店，結果沒想到才剛開幕不久，附近便陸續進駐了類似的麵包店，甚至在父親加盟的麵包店正對面，又出現一間同品牌的加盟店。由於同質性商店過多，導致大家的生意都一樣慘兮兮，不久後，開始有一兩家麵包店撐不下去，紛紛關門大吉。而沒有店租壓力的父親還算撐得久，但是隨著附近進駐了一間規模較大的咖啡廳，裡面還兼賣麵包以後，父親也不得不承認這門生意依舊以失敗收場。

金智英高三那年，也和姊姊高三時一樣，家裡經濟頓時陷入困境，氣氛低迷，父母親為了負擔孩子將來所需的開銷而疲於奔命，反而無力顧及孩子當下的狀態。金智英的校服都自己洗，也會順便幫弟弟洗，便當也是金智英自己做、自己帶，她還會看著弟弟讀書，順便做自己的功課，就這樣度過了高三那年。雖然她有時也會感到心力交瘁，很想要放棄一切，但是姊姊不斷鼓勵她，說上了大學以後身材就會自然瘦下來，也會交到男朋友。實際上，姊姊也的確瘦了不少，還交了男朋友，所以對於金智英來說是很大的激勵。

等她真的順利考完聯考以後，金智英才意識到自己的學費父母是否有辦法負擔的問題，於是她趁著母親暫時回家為兩個孩子準備晚餐的時候，提到了擔心父親健康、生意、剩餘存款等話題。雖然她的確曾擔心過母親會不會在和她聊天的過程中突然崩潰痛哭，或者趁這機會叫金智英自己想辦法籌學費，但是母親最終只用一句話安撫了金智英焦慮不安的心。

「先考上了再說吧。」

後來金智英考上了一所位於首爾的大學就讀人文學科，由於當時家人當中沒有一個人有餘力關心金智英選填的志願，所以這是她自己一個人考慮後做的決定。大學總算考上了，接下來金智英又開始擔心起錢的問題了，母親很坦白地對她說，至少一年的學費是有的。

「要是一年後家裡還是像現在這樣，就看是把房子賣了還是店鋪賣了，一年後應該也不用太擔心錢的問題。」

高中畢業典禮那天，姊姊帶金智英和兩名朋友一起去喝酒，那是金智英人生中第一次喝醉酒，初嚐的燒酒滋味出乎意料地甜，所以不知不覺接連喝了好幾杯，最後醉到不省人事。姊姊幾乎是用扛的把金智英扛回家，父母親只把姊姊念了一頓，並沒有特別說她什麼。

2001 年～ 2011 年

社長很清楚這份工作壓力有多大，與結婚生活、尤其育兒生活絕對難以並行，所以才會認為女職員不適任，而且也沒打算調整公司員工福利，因為他認為：與其為撐不下去的職員補足相關福利使其可以撐下去，不如把資源投入在撐得下去的職員身上還更有效。

金智英雖然下定決心上了大學以後要認真讀書領獎學金，但現實並不如她想像中那麼容易。她第一學期每堂課都出席，作業也按時繳交，非常認真溫習功課，最後卻只拿到C[17]，分數落在滿分五分的二點幾分出頭。反觀國高中時期，她的成績屬於前段班，有時不小心把考試考砸，只要再打起精神好好讀書，下次就一定能拿到好成績。然而，大學同學程度相近，要在那些人裡面脫穎而出相對困難，加上沒有參考書和分析試題的習題輔助，使金智英準備得毫無頭緒。

混吃等死的大學生這種說法也早已過時，現在已經幾乎找不到整日酗酒玩樂、全然放棄人生的大學生，大部分都會認真管理自己的學習成績，加強英文實力，不僅要參加企業實習，還忙於打工賺錢，金智英甚至對姊姊說：「對大學的幻想跟憧憬都沒了。」結果姊姊回她：「少在那裡胡言亂語了。」

金智英的周遭同學經常談論國、高中時期父親突然遭公司解雇或經商失敗的事情，

17 譯注：韓國大學成績一般分為A+、A、B+、B、C+、C、D+、D、F共9個等級，A+是4.5分，A是4.0分，B+是3.5，B是3.0分，C+是2.5分，C是2.0分，D+是1.5分，D是1分，F為0分。

然而，就在大環境依舊不景氣、學生需要打工賺錢、父母的工作也未見好轉的情況下，原本因亞洲金融風暴而凍漲的學費，突然像是要把過去沒賺到的錢統統賺回一樣大幅上漲。自二〇〇〇年起，韓國大學的學費以物價上漲率的倍數調漲[18]。金智英進入大學以後第一個認識的同學，甚至在讀完一年級後便選擇休學，聽說她們家距離首爾要搭三小時的客運才會抵達，當初一心只想要逃離父母，所以才會努力苦讀考上首爾的大學。雖然那個同學平時並不多說自己的私事，所以不太清楚休學理由，但是據金智英所知，那名同學幾乎沒有接受任何父母的經濟支援，因為她曾經對金智英說過，不論兼多少份打工，都賺不到學費、交際費、住宿費和生活費。

「下午去論述補習班教完課之後，晚上要去咖啡廳打工，回到住處洗完澡都已經是凌晨兩點了，再開始準備論述課或批改孩子們的作業，弄完才能打個盹，一早又得醒來上課。有時中間沒有排課的時候，妳也知道我都在打工，說實在的，我每天都累得跟狗一樣，經常在課堂上不小心睡著，我真的萬萬沒想到，居然會因為賺學費而把大學生活

18 資料來源：《韓聯社》〈不尋常的學費鬥爭〉，二〇一一年四月六日。

搞得一團糟，包括成績也是，唉，真是夠了。」

她說她要返鄉好好賺一年錢再回來讀書，除了錢以外，說再多安慰與鼓勵的話，好像對她來說都沒有用，所以金智英選擇沉默不語，靜靜聆聽這位朋友訴苦。她身高一百六十公分左右，上了大學以後瘦了十二公斤，體重勉強維持在四十公斤上下，「不是都說上大學以後一定會瘦嗎？」她彷彿聽到了天大的玩笑話似的拍手大笑。她身穿的灰色大衣袖口早已鬆脫變形，而從那寬大的袖口裡穿出的纖細手臂，還可見明顯凸出的腕骨。

相較之下，金智英的大學生活幸福許多，她可以住在家裡，不必申請就學貸款，一週只要幫母親找來的學生上四小時家教即可。她的成績雖然並不理想，但是就讀的專業科目十分有趣。由於還沒想到畢業以後的具體出路，所以也廣泛地參加系學會及各種校內社團，就算不像自動販賣機一樣投入錢幣就能立即獲得成果，那些活動也不全然毫無意義。金智英因為常常忙得沒時間思考、個性比較沒主見、總是沉默寡言，而以為自己是內向的人，沒想到參加了這些社團活動以後，她發現原來自己其實是很樂於交朋友、和朋友相處、喜歡在別人面前表現的人，甚至在登山社裡交到了第一個男朋友。

那名男同學和金智英同歲，每次登山時都會幫助落後於隊伍的金智英，學長姊也經常把他們倆湊成一組，朝夕相處下，自然愈走愈近。也多虧交了這個男朋友，金智英人生第一次去了棒球場和足球場，儘管她對比賽規則不是非常了解，但不曉得是因為現場觀眾氣氛熱絡還是因為有男友在身旁的關係，那兩場比賽她都看得非常開心，男友還特地在比賽開始前，為金智英簡單講解主要選手與比賽規則的重點，但在觀看的過程中，兩人只專注在賽事情況。金智英向男友問道：「為什麼不在比賽過程中為我講解？」

「妳在看電影時也不會對我解說每一句臺詞、每一個場景，不是嗎？比賽過程中一直不斷對女生講解的那種男生，該怎麼說呢，感覺有點臭屁，不知道到底是來看球賽的還是來炫耀自己很懂比賽規則，總之，我不是很認同就是了。」男友答道。

他們在電影社團裡也經常一起去看免費電影，而影片的挑選則是全權交由金智英負責，男友對任何電影類型都感興趣，不論是恐怖片、愛情片、古裝片、科幻片，他都喜歡。看電影時，男友比金智英的情緒更豐沛，更容易捧腹大笑，也更容易痛哭流涕。每次只要金智英稱讚男主角很帥，就會打翻男友的醋罈子；男友也會把金智英喜歡的電影記下來，然後蒐集電影原聲帶，燒成光碟作為禮物送給金智英。

兩人的約會地點幾乎都是在學校，一起去圖書館讀書，一起在電腦教室裡寫作業，閒來沒事的時候就一起坐在操場旁的階梯上。他們在學生餐廳裡買飯吃，在學生會館大樓新開的便利商店買零食吃，在隔壁的咖啡廳買咖啡喝。有時碰上特殊節日，兩個人還會事先存好錢，到高級日式料理店或西餐廳用餐慶祝。每當金智英向男友介紹自己小時候看的漫畫或暢銷小說、熱門韓劇等內容，男友都會聽得津津有味，不時還會叮嚀金智英，至少跳個跳繩也好，叫她要做點運動。

母親聽說麵包店對面新蓋的大樓裡即將進駐一家附設住院病房的小兒科醫院，於是她說服了再也不願加盟任何連鎖店的父親，重新開了間連鎖粥品專賣店。後來對面那棟大樓裡真的開了一家兒童醫院，占據了二樓到八樓，幸好醫院裡的餐點似乎不怎麼好吃，許多家長都會跑來店裡外帶粥品，也會趁往返醫院的路上隨意吃碗粥墊墊胃。就在那段時期，附近社區也差不多都住滿了，對於年輕家長來說，外食彷彿已經是家常便飯，儘管是平日，也會看見許多家庭一起出門吃晚餐；家有年幼子女的家庭，則因小孩能吃的外食選擇不多，所以也成了粥品店的常客。從那時起，父母親的收入變得比父親退休前還要多，而且是多到不能相提並論。

金智英後來才知道，原來母親當時已經在附近社區買下一間四十二坪大小的公寓，多虧粥品店經營得還不錯，之前原本還有一些銀行貸款需要分期攤還，最後也順利還清。母親順便把之前住的那棟平房賣掉，領到了一些閒錢。金恩英畢業後回到首爾，也和家人一起搬進了新公寓裡，她放棄了地方城市的加分優待，選擇在首爾參加教師資格考，也順利考上了。

父親難得和之前的老同事見面，幾杯黃湯下肚以後，面帶醉意地回到家中，他在客廳裡大聲喊著三姊弟的名字。弟弟戴著耳機在聽音樂，根本沒有察覺到父親回來的動靜，早已熟睡的姊妹倆，也過了一段時間才走出房間，父親掏出錢包，一把抓出裡面的現金和信用卡交給孩子。母親打著哈欠從臥房裡走出來，責怪父親幹嘛做出如此脫序的行為，大半夜的把家人全都叫醒。

「我今天放眼望去，只有我過得最好，就是這樣！我的人生走到今天已經算成功了！辛苦你們啦！我們都過得還算不錯啊！」

原本向父親提議要從事中國貿易的那位前同事，最後賠光了所有退休金，還在當公務員的前同事，以及像父親一樣離職後自行創業的前同事，也都收入微薄、入不敷出，唯有父親的生意最好，住的房子坪數也最大，再加上一個女兒是老師，另一個女兒在首爾讀大學，還有個可以依靠的小兒子，大家都十分羨慕父親。正當父親一臉得意地挺著胸膛靠坐在沙發上時，母親雙手交叉於胸前，開始調侃父親。

「明明粥品店是我說要開的，這間公寓也是我買的，孩子是自己讀書長大的，你的人生走到現在的確已經算成功，但這絕對不是你的功勞，所以以後要對我和孩子更好，聽見沒有？看你這渾身酒氣，今天你就睡客廳吧。」

「是，當然！一半都是妳的功勞！小的聽命！吳美淑女士！」

「什麼一半，少說也是七比三好嗎？我七，你三。」

母親再次打了個長長的哈欠，父親對唯一的兒子提議說要一起睡，卻也因渾身酒氣而遭拒。不過，父親的心情似乎完全不受影響，他連澡都沒洗就捲著被子倒臥在客廳中央，睡得不省人事。

金智英的男友在讀完大二以後便入伍，金智英已經見過男方父母，還送男友到新兵訓練營，哭得一把鼻涕一把眼淚的，結果男友才進去不到幾個月，金智英便難敵強烈的孤單感，寫了厚厚一疊連信封袋都快裝不下的信寄給男友，卻又莫名地因為感到憤怒而故意不接男友電話。原本個性溫和、行事穩重的男友，面對金智英的改變與冷漠感到不知所措，開始對女友抱怨連連，好比上緊的發條突然繃斷一樣。他覺得自己在虛度光陰，明明是人生最精華的時光，卻什麼事也做不了，於是變得憂鬱、焦慮、憤怒。難得碰上休假，兩人也只有剛見到彼此的時候濃情密意，過不久便開始起口角，導致每次休假都在吵架。

最後，金智英先提出了分手，男友則意外地冷靜表示：「知道了。」但是每次只要休假，就會在外喝到爛醉，並打數百通電話給金智英，每到凌晨也會傳簡訊問她睡了嗎？甚至在粥品店門口吐得滿地都是，直接倒臥在地蜷縮著身子呼呼大睡。附近店家也都在謠傳，說這間粥品店的二女兒趁男友當兵時提分手，所以男友經常逃離軍營出來喝酒鬧事。

雖然分手後去參加社團活動難免有些尷尬，但是金智英偶爾還是會去探望社團成員，尤其特別照顧學妹。因為那是個男同學特別多的社團，許多女同學入社後容易感到不適應，或者露個臉之後就從此消失。金智英希望自己可以像車勝蓮一樣，當初自己多虧有車勝蓮的關照，才對登山社產生熱情，因此她也想當個溫暖待人的學姊。

登山社裡的男同學將女同學視如珍寶，總是以鮮花或萬綠叢中一點紅來形容，宛如服侍公主般悉心呵護，不准她們提重物，午餐、聚會續攤的場所也交由女同學決定，舉辦社團郊遊時儘管只有一名女同學，也會把最大最好的房間讓給那名女同學，然後再自誇說，社團得以順利運作，都是因為有他們這些穩重、力氣大、可以一起自在相處的男生。社長、副社長、總務都是男生，經常和女子大學合辦活動，後來金智英才得知，原來社團內還有男同學專屬的畢業派對。車勝蓮經常表示女生不需要特別待遇，希望大家可以一樣叫女同學幫忙做事，一樣給予機會，不要只叫女生決定午餐吃什麼，而是讓女生也可以當當看社長。但是通常大家都會敷衍了事，一笑置之，只有一名加入社團九年、最認真參與社團活動的博士生學長，每次都會說同樣的話：

「妳要我說幾次才明白呢？女生不能當社長，這職位對妳們來說太辛苦了。妳們只要乖乖待在這個社團，對我們來說就是莫大的力量。」

「我不是為了當學長的力量而來參加登山社的，學長如果需要力量，可以吃中藥補補身體。雖然我真的很想退出這個社團，但我看倒不如乾脆在這裡賴著不走，無論如何都要待到選出女社長的那一天為止。」

結果直到車勝蓮畢業都沒有出現女社長，後來聽說有一位和她正好相差十年的學妹，真的當上了登山社的社長。當車勝蓮得知這項消息時，反而語氣淡然地表示：「果然十年江山移啊。」

金智英雖然不及車勝蓮的社團出席率，但是一直定期參加社團活動，直到大三那年秋天參加完社團舉辦的郊遊活動以後，便不再出入社團。當時他們是去學校附近的自然休養林郊遊，在那裡訂了幾間民宿，大夥兒一起簡單在山林裡行走幾段路以後，三三兩兩聚集在一起玩遊戲、踢足球、喝酒。金智英可能因為有點感冒，身體有些畏寒，所以跑去一間開著暖氣的房間，將被子蓋到頭頂包裹全身，有些社團成員正在裡面打牌。房間的地板是熱的，原本冷到蜷縮的身體也慢慢舒緩下來，學弟妹的笑聲和說話聲在耳邊融合成嗡嗡聲，模糊不清，然後她不小心睡著了，睡夢中突然聽見了自己的名字。

「金智英好像已經和那傢伙徹底分了啊！」

接下來是一連串七嘴八舌的說話聲，「你不是從很久以前就對金智英有好感嗎？」「這小子可不只是有好感呢！」「快趁這次機會試試看啊」「我們會幫你的」，一開始金智英還以為自己是在做夢，等她清醒過來後便聽出房間內有哪些人，原來是剛才在外面喝酒的那群學長，他們才剛復學不久。金智英已全然清醒，開始感到有些悶熱，但是學長剛好又在談論她，害她不好意思掀開棉被走出房間。結果就在那時，她聽見一個熟悉的嗓音說道：

「唉，算了，被人嚼過的口香糖誰還想再吃啊？」

說這句話的學長過去一直都給人端正、整潔的印象，是喜歡品酒卻不會強迫別人喝酒、愛幫學弟妹買單卻不常和學弟妹一起吃飯的人，所以金智英對這位學長的印象也很不錯。但是當下學長竟然說出這種話，簡直令她匪夷所思，所以她更用力豎直了耳朵仔細偷聽，結果確實是那名學長。或許是因為他喝多了，或者在大家面前太害羞，抑或是為了防止其他人胡鬧所以才故意說得這麼誇張，金智英在心裡想著各種可能性，但是內心深處還是覺得很不是滋味。「原來在日常生活中說話正常、行為端正的男子，也會在背後詆毀自己心儀的女性……原來我只是個被人嚼過的口香糖。」

金智英徹夜難眠。隔天早上，她在民宿附近散步時，恰巧遇見了那名學長。

「眼睛怎麼這麼紅？昨晚沒睡好嗎？」

學長和平時一樣用溫柔的口吻關心著金智英，雖然她心中冒出了「口香糖怎麼可能睡好覺呢」這句話，很想當面讓學長難堪，但最後還是吞了回去。

大三寒假開始之際，金智英也正式開始準備就業，她重修過去大一時考砸的科目，提升在校成績，多益分數也越考越高分，但光有這些還不夠，金智英決定畢業後要從事行銷宣傳工作，所以在找尋相關實習機會或學生競賽等資訊，但礙於她就讀的科系與這些工作沒有直接關聯，所以也很難透過系辦得到實質上的幫助。

金智英後來在寒假期間跑去聽文化中心開設的相關講座，比起學習，她更希望能藉此拓展人脈，也真的在那裡遇見幾位聊得來的朋友，一起組成了類似讀書會的團體。團體一開始只有三名成員，到後來增加到七人，中間陸續有朋友拉自己的朋友進來、有人退出也有人加入，這個團體中還有和金智英就讀同一所大學經營管理科系的女同學，叫做尹慧珍。雖然她和金智英是同一屆，但因為是重考生，所以大金智英一歲，可是尹慧珍希望金智英不要對她說敬語，於是兩人便以平輩之間的語氣交談，並直接稱呼對方的名字。

團員之間會彼此分享就業資訊，也一同撰寫自我介紹和履歷表；他們報名參加企業的實習，金智英甚至和尹慧珍組成一隊，挑戰各種企業競賽，並在地方政府創意競賽及大學生創新創意競賽上得過幾次獎。

在尚未開始正式投遞履歷、參加面試之前，金智英還不會對未來太過焦慮。她覺得只要能做自己想做的工作，儘管不是大公司也無所謂。然而，相較之下，尹慧珍就顯得比較悲觀，她明明成績比金智英優秀，多益分數較高，也具有電腦操作、文書處理等求職必備的執照，所就讀的科系是更受業界青睞的經營管理學系，她卻認為自己可能連個不確定發不發得出薪水的小公司都進不去，就更別說大企業了。

「怎麼說？」

「因為我們不是最頂尖的人才。」

「妳看那些回來做求職說明會的前輩，我們學校其實也有很多人畢業後進好公司啊！」

「那些人幾乎都是學長，妳仔細回想一下，有看到幾個學姊？」

金智英彷彿第三隻眼被點亮般瞬間睜大眼睛，這下才恍然大悟。

她回想自己參與過的求職說明會和校友回娘家分享會，那些場合裡的確幾乎看不見學姊的身影。金智英大學畢業那年，也就是二〇〇五年，在一個求職資訊網站上針對韓國百大企業進行了問卷調查，結果顯示女性錄取率只有百分之二十九點六；然而，光是這樣的數值在當時就已經表示女性的社會地位提升[19]。同年，該網站又針對韓國五十大企業的人資部門主管進行了問卷調查，題目是「如果面試者的資質相同，請問會選擇男性面試者還是女性面試者？」結果選擇男性的回答占百分之四十四，選擇女性的回答則是零[20]。

根據尹慧珍的說法是，以她就讀的經營學系為例，雖然不定期會有非公開的工作機會私下透過系辦或教授招募人才，但是每次學校引介的學生都是男同學。由於通常都是

19 資料來源：《東亞日報》〈從關鍵字看2005就業市場〉，二〇〇五年十二月十四日。
20 資料來源：《韓聯社》〈公司招募新人，依舊有外貌和性別歧視〉，二〇〇五年七月十一日。

私下進行，所以確切是哪間公司需要人、審核條件資格又是什麼就不得而知，除此之外，究竟是學校只推薦男同學，還是企業只想要男同學，也是一大疑問。然後尹慧珍又告訴了金智英一名學姊的故事，那名學姊是幾年前才剛畢業的。

學姊一直都是該學院的榜首，外文分數極高，獲獎經歷、實習經驗、各項執照、社團活動、志工活動等，無一不缺，堪稱擁有人人稱羨的「完美履歷」。當時學姊非常想進某間公司，但是後來她輾轉得知，原來那間公司透過系辦早已招募了四名男同學，那是她從其他面試落榜的同學口中得知的。學姊後來向指導教授表達強烈抗議，詢問推薦學生的標準是什麼，要是教授說不出個可以令她接受的理由，學姊就會將這件事情公諸於世。她見了多名教授，甚至與系主任面談，而在這些過程中，教授們的口徑一致，都是以企業希望招募男同學為由，解釋著因為將來男同學會成為一家之主，這些機會也算是他們當完兵的補償等，提出一些聽在學姊耳裡極為荒謬的說詞，其中系主任的回答尤其最令她絕望無助。

「女孩子太聰明，公司也會覺得有壓力，像現在也是，妳看，妳知道自己給人多大壓力嗎？」

所以到底要我們怎樣？條件太差會被嫌，條件太好也被嫌，那卡在中間不上不下的人，難道又要被嫌太中庸嗎？學姊認為不值得繼續白費口舌，於是不再抗議，在年底該公司舉辦公開招聘時，順利獲得錄取。

「哇，太帥了！那學姊現在還在那間公司嗎？」

「沒有，聽說做了六個月就辭職了。」

某天，學姊環顧了一下整個辦公室，發現部長級以上幾乎都是男性，找不到女主管的身影。她在公司餐廳裡吃午餐時，看到一名大腹便便的女同事，於是便向同事詢問這間公司是否有提供育嬰假，結果和她同桌吃飯的人，從課長到職員五個人都表示自己從未看過請育嬰假的同事，不太清楚。因此，學姊在無法預見自己未來十年的情況下，經過一番苦思，決定遞出辭呈，最後也招來其他人無情的調侃，說一些「這就是為什麼最好別用女性」之類的閒言閒語，學姊則反駁道，就是因為這社會老是讓女人做不了事才會如此。

根據統計資料顯示，二〇〇三年請育嬰假的女性勞工只有百分之二十，直到二〇〇九年才終於突破百分之五十，等於是職場上每十名女性當中，依舊有四名產後婦女沒有申請育嬰假，堅守著工作崗位[21]。當然，在那之前因結婚生子而提早退出職場，連育嬰假申請統計都無法取樣的女性更是多不勝數。另外，二〇〇六年原本只占百分之十點二二的女性主管比例，也有逐年成長的趨勢，只不過成長速度實在緩慢，二〇一四年才達百分之十八點三七，也就是十名女性當中不到兩名是主管職[22]。

「所以現在學姊在做什麼呢？」

「去年考上了司法特考，學校不是還掛布條恭賀，說是多年難得一見的合格者，妳有看到嗎？」

「啊，對，我想起來了，那時候也覺得能考上真的很厲害。」

「我們學校也很好笑，原本還說她太聰明會給人壓力，現在人家不靠任何學校支援，

21 資料來源：〈育嬰假制度運用現況與實施點〉、〈勞工受雇發展動向，二〇一五年七月〉，尹正慧著。

22 資料來源：《2015 雇用勞工白皮書》，勞動部，第八十三～八十四頁。

自己苦讀考上了司法特考，然後再來沾學姊的光，說什麼以她為榮。」

金智英感覺自己彷彿站在白霧瀰漫的狹窄巷弄中，當下半年各家企業開始公開招聘員工時，這片白霧已化作連綿的雨滴，打落在她嬌嫩的肌膚上。

雖然金智英最想進食品公司工作，但是只要是有一定規模的公司，她都抱持著姑且一試的心態將履歷寄出，而她所投遞的四十三家公司當中，最後竟然沒有一間和她聯繫。後來，她又選了十八家規模雖小但經營穩定的公司毛遂自薦，沒想到這次依舊連一家面試的機會都沒有；尹慧珍的情況也不盡理想，她經常去公司面試、受邀做職場適性測驗，但是往往都只差臨門一腳。自此之後，只要有任何公司發布招聘公告，她們倆就會無論如何都先投履歷再說，金智英有一次甚至不小心忘了在自我介紹中更改公司名稱就寄出，原以為機會又會泡湯，沒想到竟接獲這間公司的面試通知。

直到那時，金智英才開始上網搜尋該公司的資料，原來那是一間專門生產文具、日常用品和趣味小物的公司，剛好當時和明星藝人的經紀公司合作，推出一系列卡通版明星肖像周邊商品，使公司營收大幅成長。明明是普通的玩偶、行事曆、馬克杯，公司卻用高價販售，簡言之就是一間以騙取學生零花錢維生的公司。金智英的心情有點複雜，剛開始覺得好像會過不去自己心裡那道門檻，但是隨著面試日期逐漸逼近，也慢慢對公司產生了好感，到最後甚至迫切希望自己能順利面試上這間公司。

面試前一晚，她和姊姊反覆進行模擬面試，練習回答面試官可能會問的問題，直到過了凌晨一點鐘才敷上厚厚一層保溼乳霜躺在床上，但她精神很好，毫無睡意。她擔心著臉上的乳霜會不會沾到棉被，不敢側身躺臥，只能維持平躺不動，眼睛不停眨呀眨，直到黎明拂曉之際才終於睡著。她做了好多沒有結局的夢，強烈的睏意使她痛苦難熬，早上起來畫的妝也浮粉脫妝，最慘的是她還在公車上不小心睡過頭，錯過了要下車的站牌。雖然時間上還來得及，但是她為了在重要面試前保持心情平靜，不想為了找路而徘徊，最後決定搭計程車前往面試地點。年長的司機梳著整齊油頭，透過後照鏡看了金智英一眼，說道：「小姐，妳是去面試啊。」金智英簡短回答：「對啊。」

「我原本每天第一個客人是不載女生的，但是我一眼就看出妳是要去面試，所以才願意載妳一程。」

載我一程？金智英一時還以為司機是打算不收她這趟車資，後來才真正意會到司機先生的意思。所以是叫我付錢感謝一輛空計程車的司機願意慷慨襄助嗎？這種人自以為體恤他人，實際上卻是無禮之極，她不知該怎麼跟對方爭辯，最後索性選擇闔上眼睛，不予置評。

抵達面試地點後，所有人被分成三人一組進行團體面試，和金智英一起面試的另外兩位面試者，是和她年紀相仿的女性，三人彷彿事先說好一樣，都剪了一頭剛好蓋過耳垂的俐落短髮，擦著粉紅色口紅，身穿深灰色套裝。面試官看完她們的履歷和自我介紹以後，開始一一詢問她們的校園生活、經歷，然後再問到關於公司、業界展望、行銷方向等意見。由於都是可預料的問題，三個人的回答都聽起來都沒有失分。最後，坐在最旁邊一直只有點頭聆聽的中年男理事終於開口問道：

「要是今天各位去拜訪客戶，但是客戶主管一直……就是……有一些身體上的接觸，比如說按妳們的肩膀啦，不經意地摸妳們的大腿啦，嗯，知道我在說什麼吧？要是妳們遇到這種情形會怎麼做？來，從金智英小姐開始回答。」

金智英認為不能像傻子一樣愣在那裡，也不能過度將內心的不悅形諸於色，否則應該會拿不到面試高分，所以她選擇了最安全的回答。

「我會臨時說要去廁所或去拿資料，自然地離開那個場合。」

第二位面試者則用強烈的口吻回答，說這明顯是職場性騷擾，會當場叫該名主管注意自己的行為，要是繼續不聽告誡，就會走法律途徑。金智英看見提問的面試官當場眉頭一皺，然後最後一位面試者回答了乍聽之下最為標準的答案。

「我會先檢視自己的穿著、態度是否有問題，如果有什麼行為促使主管做出這種不當舉動，我會反省改進。」

第二位面試者聽見這樣的回答馬上翻了個白眼，還「哼！」了一聲表示荒謬；金智英雖然在內心也默默覺得真的有必要這樣忍受屈辱嗎，但是另一方面又覺得第三位面試者的回答應該會拿最高分，所以不免也有點懊悔自己怎麼沒這樣回答。

幾天後，金智英接到面試落榜通知，她不禁感到好奇，難道是因為最後那題沒回答好的關係？最後她實在忍不住，決定打電話到公司人資部詢問。接到電話的負責人表示，其實並不會因為單就一題目回答好壞就左右面試結果，重點還是在於面試者和面試官合不合得來，他認為金智英應該只是和公司無緣而已。雖然這些話聽起來都像是按照公司的制式化流程回答，但的確讓金智英心理舒坦許多。她趁機也詢問了一下另外兩位和她一起面試的女生是否有人通過面試，並表示自己沒別的意思，單純只是想作為未來準備面試時的參考，但對方似乎有點左右為難，猶豫著該不該回答。

「拜託了，我真的很需要找到工作。」

聽金智英這麼一說，對方才終於回答：「另外兩個人也沒有通過面試。」「原來如此。」金智英不知為何覺得心情有點低落，也懊悔著當初要是早知道會落榜，就應該把內心想講的話如實說出。

「當然要把那狗娘養的變態手折斷啊！還有，你也很有問題！假藉面試之名問這種噁爛問題也算是性騷擾好嗎？！要是面試者是男性，我想你就不會問他這題了，對吧？」

金智英對著鏡子破口大罵，把壓抑已久的真實心聲統統發洩出來，但還是難解心頭之恨。她好幾次躺在床上準備入睡時，也因為愈想愈氣而踢開棉被。後來她持續參加其他公司的面試，卻經常遭受面試官批評她的外貌，或用低俗的玩笑話來嘲諷她的穿著打扮，甚至經歷不必要的肢體接觸，對方用猥褻的眼神緊盯她身體的特定部位。最後，她一間公司都沒有面試成功，正當她想著是不是該延畢、休學，還是去申請語言進修等各種方案時，轉眼間，秋天已過，真的要準備畢業了。

雖然姊姊金恩英和母親都勸她不要太心急，但她不得不著急。尹慧珍開始準備公務員考試，雖然也勸金智英一起報考，但金智英一直遲遲沒能下定決心，主要是因為那不是自己擅長的考試類型，再加上又要投入許多時間讀書，萬一一直考不上，豈不是年紀愈來愈大，卻毫無工作經歷，到時候就真的會走投無路。金智英決定把求職條件降低，努力不懈地投遞履歷，就在人生最絕望的時候，她交了新男友。這件事她只告訴姊姊，姊姊和她四目相望一段時間以後，搖了搖頭說道：

「妳居然在這節骨眼還有心情談戀愛？還會對人動心？我真是服了妳。」

「就是說啊……」金智英尷尬地笑著帶過。的確在這種情況下，許多情侶甚至早就分手了，自己竟然還能喜歡上一個人，她也實在無言以對。窗外飄著提早報到的白雪，她想起很久以前讀過的一首詩：怎麼可能因為貧窮就不明白孤單的滋味，和你道別後走在回家的路上，蒼白的月光映照著那條被白雪覆蓋的巷弄……

金智英新交往的男朋友和尹慧珍是從小玩在一起的青梅竹馬，比金智英大一歲，剛服完兵役重新復學，所以還是學生。他比任何人都還要了解金智英當時的心情，也富含同理心，從不說一些不切實際的樂觀安慰，也沒有說一些事不關己的話，比如「晚點開始工作也無所謂啊」，當然，他從未責怪過金智英為什麼履歷不夠精彩。他默默陪伴金智英準備這些面試，有可以幫忙的地方就盡量幫，如果面試結果不盡理想就請金智英喝酒，幫她解解悶。

距離畢業典禮只剩兩天的時候，一家人難得團聚在餐桌上共進早餐，父親正在煩惱究竟該休店整天還是只休早上半天去參加二女兒的畢業典禮，但是金智英告訴父親，她那天不會去參加學校畢業典禮，雖然招來父親一陣痛罵，金智英卻不以為意，因為當時對她來說，除了「落榜」以外，任何話都刺激不了她。父親眼看女兒不論怎麼被罵也依舊無動於衷，最後只好丟出一句：

「我看妳就乖乖等著嫁人吧。」

原本聽那麼多責罵都面不改色的金智英，就在父親脫口而出這句話以後，理智線終於斷裂。她因為食不下嚥，所以手握湯匙正在努力深呼吸調整自己的情緒，只聽見「啪！」一聲，宛如堅石碎裂般的聲響突然從一旁傳來，原來是母親漲紅著臉，憤怒地將湯匙用力放下。

「現在都已經什麼年代了，你還在對孩子講那些老掉牙的話？智英，妳也別傻傻地忍氣吞聲！快！頂嘴！反駁他！聽見沒有？」

由於母親正在氣頭上，情緒非常激動，所以金智英趕緊點頭如搗蒜，表現出真心認同的表情，先安撫了母親的情緒。父親可能是一時之間被母親突如其來的舉動嚇傻了，不禁開始打起嗝來。金智英當下才意識到，原來自己從未看過父親打嗝，那是生平唯一的一次。猶記得某個寒冬，金智英和家人圍坐在家中吃著地瓜，結果母親、金恩英、金智英、弟弟開始依序打嗝，唯有父親獨自一人毫不受影響，逗得大家哈哈大笑。金智英突然天馬行空地想著，難道男人上了年紀會失去打嗝能力，換來老掉牙的思維嗎？就如同人魚公主藉由失去聲音換取雙腿一樣。她思索了一會兒女巫的魔法。多虧母親怒火中燒，父親才停止無限上綱的謾罵，找回了打嗝。

結果就在那天傍晚，金智英接到了先前面試的一間公關代理公司的來電，通知她面試過關了。過去她所承受的無力感和自責，早已像玻璃杯裡裝到不能再滿的水一樣，只是一直硬撐著，而就在她聽到電話筒那頭傳來「面試通過」的瞬間，終於再也難掩激動情緒，忍不住流下了眼淚。而聽聞她面試通過的消息感到最開心的人，莫過於她的男朋友。

金智英和爸媽帶著難得輕鬆的心情去學校參加畢業典禮，男朋友也去學校找金智英，等於是第一次將男友正式介紹給父母親認識。由於金智英不打算進畢業典禮會場，也沒什麼事情好做，所以四個人就一起逛了校園一圈，到處走走、拍拍合照，再到校內咖啡廳裡喝杯咖啡小憩。那天不論走到哪裡都是人山人海，咖啡廳裡也一樣人滿為患。男友幾乎是用吼叫的方式向店員點了四杯不同的咖啡，然後一一送到金智英和她父母親的面前，並在母親的拿鐵旁輕輕放了一張整齊摺成三角形的面紙，父親則是一臉嚴肅地問著他讀什麼科系、住哪裡、家庭成員等問題，男友也對父親畢恭畢敬地誠實回答，金智英看著男友如此緊張的模樣，覺得實在太逗趣，難忍笑意，只好不斷低頭緊咬下脣。

四個人頓時想不到任何話題，靜默了一段時間，最後父親提議一起去吃飯，母親則將身體轉向父親，對他使了一下眼色並竊竊私語。隨後，父親乾咳了一聲，從皮夾裡掏出了他的信用卡交給金智英，說他和母親要回去顧店，叫小倆口自己去吃。就在父親尷尬地說完這番話以後，母親便馬上抓起了男友的手說道：

「今天很高興見到你喔。雖然很可惜不能一起吃晚餐，但你們兩個要記得去吃點好的，看場電影，好好約個會，下次有機會再來我們店裡吃飯啊。」

母親拉了一下父親的手臂示意可以離開了，於是兩人便先行走出校園，男友則是將腰彎到不能再彎、頭頂都快著地了，對著父母離去的背影不停鞠躬道別。金智英這下才終於放聲大笑。

「我媽很可愛吧？她是怕你覺得彆扭，所以才故意帶我爸先離開。」

「嗯，看得出來。對了，你們店裡哪一樣東西最好吃啊？」

「應該都比我媽私底下做的飯好吃，她不太會做飯，但我靠著吃外食、外送、外帶食物，還是長到這麼大、這麼頭好壯壯喔！」

學校附近實在人潮擁擠，兩人決定搭地鐵去光化門。他們按照母親的意思吃了一頓大餐，也看了一場電影，還跑去書店各自買了一本書。雖然男友認為至少買書的錢應該由他付，不能刷金智英父親的信用卡，但是金智英一直說沒關係，只要是買書她爸一定高興，男友最後不好意思地挑了一本過去一直想買卻因為太貴而遲遲沒買的書。他們一人抱著一本像百科全書一樣厚重的書，有說有笑地從地下室書局樓梯走出室外。他們一踏出戶外，就發現天空正飄著白雪。

在那片已經夜色昏暗的天空中，雪片宛如發送給每個人的禮物般，以穩定的速度翩翩落下，中間有時突然一陣風吹來，雪片就會被吹得七零八落。男友說，要是能抓到雪片願望就會成真，於是不斷朝空中伸手去抓，只是很可惜每次都沒能抓到。試了好幾次之後，終於有一片六角形的大雪片輕輕地落在了男友的食指指尖上，金智英調皮地問男友許了什麼心願。

「我希望妳工作順利，少點難過，少點痛苦，也少點疲累，好好適應職場生活，每個月都能順利領到薪水，然後買很多好吃的給我吃。」

金智英聽完男友說的這番話以後，感覺內心彷彿堆滿了滿滿的雪片，明明充實卻又空虛，明明溫暖卻又感傷。她再次將男友和母親說過的話銘記在心，將來一定要少點難過，少點痛苦，少點疲累，然後不再忍氣吞聲，要勇敢為自己發聲。

金智英將公司識別證掛在脖子上，出門吃午餐。雖然大家好像只是因為怕弄丟或懶得另外用手拿而掛在脖子上，但金智英是刻意這麼做的。大白天走在商辦大樓林立的繁華區，會看見許多上班族掛著印有自家公司標誌的吊牌，將員工識別證放在一個透明套子裡，掛在吊繩底下。這是金智英夢寐以求的事，她也想要身上掛著公司吊牌，一手拿錢包和手機，與同事一起走在街上，討論著今天午餐吃什麼。

金智英任職於一家在業界算是有一定規模的公司，員工有五十名。雖然主管職位以男性居多，但是整間公司女性職員還是占大多數。辦公室的氣氛也很良好，同事都很通情達理，不會過分自私。只不過工作業務量大，週末也要經常無償加班。同一批新進職員包括金智英在內總共有四人，其中兩名是男性，兩名是女性。金智英從未休學過、大學一畢業就馬上踏入職場，在四人當中是年紀最小的，在公司裡也是個不折不扣的小妹。

金智英每天早上都會按照組員的喜好，沖泡專屬於他們的咖啡，一一擺放在每一位同事的位子上；到餐廳裡用餐時，也會主動抽取衛生紙，為每個人擺好湯匙和筷子在衛生紙上；叫外送時會手拿筆記本，負責幫大家紀錄要點的餐點，然後打電話去訂餐，吃完以後也會第一個幫大家整理空碗。團隊中年紀最小的她，每天早上都要蒐集新聞，擷取與公司產品相關的內容，並加上標題製做成簡報。某天，組長翻閱了新聞剪報後，把金智英叫到了會議室。

金恩實組長是公司裡四名組長中唯一一位女組長，有個就讀國小的女兒，和娘家母親同住，育兒和家事統統交由母親處理，她自己只負責工作賺錢。有人說她這樣很帥，也有人說她這樣很惡毒，有些人反而稱讚她老公，替她老公叫屈，認為男人和岳母同住比女人和婆婆同住還要辛苦，最近岳婿問題比婆媳問題更嚴重。雖然大家並不認識金恩實組長的先生，但都說光從他和岳母同住這一事來看，就知道肯定是個大好人。金智英突然想起自己的母親服侍了奶奶整整十七年，奶奶只有在母親出門幫人理髮時暫時幫忙照顧弟弟而已，從來沒有做過餵三姊弟吃飯、幫他們洗澡、哄他們睡覺的事情，遑論協助其他家事。奶奶吃的是母親親手煮的飯，穿的是母親洗的衣服，然後在母親整理的房間裡休息睡覺，但是卻沒有任何人因此誇獎母親是好人。

組長把報告文件還給金智英，並稱讚她挑選新聞的眼光很精準，標語也下得很好，叫她要繼續努力；這是金智英在第一份工作、第一間公司得到的第一個稱讚。金智英感受到組長對她說的那番話，在將來的職場生涯裡會是一股支撐她走下去很大的力量。她對自己感到有點自豪，也感到榮耀，但是她並沒有太過喜形於色，只對組長誠懇地說了一聲謝謝。組長微笑補充道：

「還有，以後不用幫我泡咖啡，也不用幫我準備湯匙筷子，也別幫我收拾吃完的碗盤。」

「不好意思，造成您的困擾。」

「並不是造成了困擾，而是因為這些事情都不是金智英小姐該做的事情。過去每次只要有新人來，我就會發現只要是年紀最小的女性，就會主動跳出來做一些瑣碎的雜事，明明就沒有人拜託她們做這些事，但是男性新進人員就不會這樣喔，不論他們年紀多小，只要沒人叫他們做，他們會連想都沒想過要幫大家做這些雜事。所以我很納悶，到底為什麼女生要主動做這些事？」

聽說組長是從公司只有三名員工的草創時期就開始任職，後來隨著公司規模逐漸擴大，她跟著公司職員一同成長，也逐漸擁有了自信和抱負。當初和她一起工作的男同事現在已經和她一樣坐上了組長的位置，不然就是在大公司裡擔任行銷宣傳部主管，或者自行創立公司，總之都還持續在職場上工作，但是女同事早已紛紛離開。

金恩實組長為了擺脫大家對女性職員的既定印象，總是在員工聚餐時待到最晚，自願加班、出差，產後一個月便重返職場。一開始她對於這樣的自己感到無比自豪，但是隨著女同事和女性後輩一個一個離開職場，她不禁感到困惑，最近甚至感到抱歉。其實大部分的員工聚餐都是不必要的，經常性的加班和週末工作、出差等，也都是因為人力不足所引起，應該要增添人力才是真正的解決之道。申請產後休假或留職停薪也都是再正常不過的事情，她卻總覺得是因為自己導致其他女性員工的權益也備受影響，害得其他女性不敢使用這些假期。她一升上管理職，最先做的事情就是刪除不必要的員工聚餐、員工旅遊、研討會等活動，並且保障員工申請育嬰假的權利，不分男女。她還記得公司創社以來第一位放完一年育嬰假的女職員要回來上班那天，她買了一束鮮花放在她的辦公桌上，心裡那份感動實在難以言喻。

「她是誰呢？」

「後來沒過幾個月就離職了。」

因為組長也無法幫她排除經常性加班和週末上班的問題。她把大部分薪水都拿去繳托兒所費用，但還是經常需要拜託其他人幫忙顧孩子，每天也會和先生在電話裡爭吵，某個週末實在不得已，只好揹著小孩進辦公室工作，最後還是遞了辭呈。面對那名表示深感抱歉的女性職員，組長說不出任何一句安慰話語。

金智英接獲主管交辦的第一項任務，是以環保寢具業者實施的家庭寢具汙染測量結果為基礎，擬一份報導資料，而金智英為了力求表現，明明只是兩頁的資料，卻花了她好幾個夜晚徹夜撰寫。組長看完她整理的資料以後表示寫得很好，唯一美中不足的是寫得太像新聞稿，希望她能重寫一份，並注意要寫成吸引記者會想要報導的那種文章，然後金智英那天晚上又再度熬夜修改，最後終於得到了組長的認可，誇讚她寫得實在太好了。這篇文章沒有經過太大修改就提交出去，後來確實吸引到日刊雜誌、主婦雜誌、有線電視新聞臺爭相報導，都紛紛想將其改寫成新聞稿。金智英不再幫同事泡咖啡，到餐廳裡用餐時也不再幫大家準備餐具，當然，也沒有任何人對此發表過任何意見。

不論工作內容還是同事關係，都令金智英十分滿意，只有在和記者、客戶、廠商公關部門交涉時，會感到有些不自在。儘管隨著時間流逝，她在公司裡累積了一定的經驗、工作也都上手了，和他們之間還是依舊有著隔閡。站在公關代理商的立場，這些人永遠都是甲方，大部分都是上了年紀、職位較高的男人，所以首先是笑點大不同，當他們不停說著一點也不好笑的玩笑話時，金智英完全不曉得該在哪個點放聲大笑，也不知道該如何回應這些無聊的玩笑話。要是跟著他們的節奏笑，他們就會對笑出聲的人繼續開玩笑；要是無動於衷不理會他們，又會被問是不是心情不好、有什麼不開心的事情。

有一次，她因為要和客戶一起吃午餐而走進了一間韓食堂，廠商代表看見金智英點豆腐拌大醬忍不住說道：

「年輕人居然也懂得吃這個？原來金小姐也是大醬女[23]啊？哈哈哈！」

當時正處於網路流行語盛行的年代，剛好出現「大醬女」這樣的稱呼，以及各種貶低女性的新單字。對方說這番話究竟是要逗金智英笑呢，還是覺得金智英好欺負，抑或是他根本不知道大醬女的意思就隨便脫口而出，在場的人都不得而知，只知道公司代表笑了職員當然也要跟著笑，客戶笑了金智英和前輩自然也不能板著臉，所以只好尷尬地陪個笑臉，趕緊轉移了話題。

另外還有一次是和一間中型企業的公關部門聚餐，他們為了感謝金智英和金恩實組長協助進行公司創立紀念活動，從活動企劃到活動進行、報導資料發布等，所有過程統統都不假他人之手、親力親為，且活動也辦得很成功，所以邀請兩人一起參加他們的部門聚餐。她們坐在計程車裡前往聚餐地點，那是一間位於大學學區裡的烤肉店，組長加重語氣說自己真的很不想去吃這頓飯。

「要是真的感謝我們的話，還不如送我們禮物或現金，不是更好嗎？明知道我們去

23 譯注：韓國網路流行語，意近「拜金女」，用來嘲諷長相不好看卻又愛慕虛榮的女性。

那裡吃飯有多彆扭，居然還假藉感謝之名叫我們陪他吃飯、喝酒，這不是明擺著要再展現最後一次他們才是甲方的意思嗎？呼，老娘實在不想去，但我就忍你這一次，下不為例！」

他們的公關部總共有六名職員，職等最高的是五十幾歲的男部長，再來是四十幾歲的男次長，然後是三十幾歲的男課長，最後是二十幾歲的女職員三人，而金智英這邊則是由組長和她，以及活動期間鼎力相助的一名男同事，三人一同出席聚餐。一抵達烤肉店，他們就看見部長漲紅著臉，看來是很早就開喝了，他一見到金智英就誇張地吆喝歡迎，與他並肩而坐的課長，也趕緊拿了一杯空啤酒杯和湯匙，起身招呼金智英，並用眼神示意她坐到部長旁。部長馬上露出賊笑表情，還誇讚韓課長果然瞭解他，金智英當下實在不知該如何是好，羞恥至極，打死都不想坐那位置。雖然她婉拒了好幾次，表示自己還是和同事坐一起就好，但次長和課長依舊死纏爛打，不斷把金智英推向部長旁。和金智英一起前去的男同事也束手無策，只能看著這一切發生，而組長先去了廁所，後來才入席，最後，金智英無奈地坐在部長旁邊，接過一杯又一杯部長為她斟滿的啤酒，在敵不過對方強勢勸酒的情況下，勉強喝了幾杯。

那名部長先前一直都是在商品開發部工作的，轉調到公關部只不過三個月左右，然而，他根據自己過去的工作經驗，滔滔不絕地述說著自己對行銷宣傳的想法與建議。另外，他還說金智英的臉型很好看，鼻子也很挺，只要再割個雙眼皮就完美，也不曉得他說這些話究竟是褒還是貶。他詢問金智英有沒有男朋友，還開了一連串令人無言的黃色笑話，說什麼要有捕手才有射球的動力、儘管有處女但絕對沒有只做過一次的女人等，最令人討厭的是一直不停勸酒這件事，不論金智英舉多少理由婉拒，說自己已經不能再喝了、回家路上很危險、真的不想喝了，也會遭部長反問：「這裡這麼多男人有什麼好怕的？」**我最怕的就是你們啦！**智英把話吞回了肚子裡，偷偷將酒倒在冷麵碗和一旁的空杯裡。

過了凌晨十二點後，部長在金智英的酒杯裡斟滿了啤酒，搖搖晃晃地從座位上站起身。他和代理駕駛司機講著電話，聲音大到整個烤肉店裡的人都能聽得一清二楚，講完電話以後，又對他的職員說：

「我女兒就讀這附近的大學，現在在圖書館讀書，叫我去接她，她不敢自己一個人回家。抱歉啦，各位！我要先離開了！金智英小姐，這杯記得要喝完喔！」

金智英感覺到自己好不容易撐住的理智線就在那時瞬間斷裂，她心裡咒罵著：**只要你繼續這樣對我，你那寶貝女兒過幾年後很可能也會像我現在一樣，被男主管灌酒。**然後突然一股濃濃醉意席捲而來，她傳了封簡訊給男友，希望他可以來接她回家，但卻遲遲等不到回覆。

部長離席之後，聚餐的氣氛也冷了下來，大夥兒分成幾組，和自己比較熟識的人私下交談著，有些人則出去外頭抽菸，公關部的一名女職員不曉得去了哪裡，早已不見身影。其中有幾個人提議要去續攤，幸好金恩實組長馬上斷然拒絕，才得以讓公關代理商三人組順利全身而退。組長說她娘家母親身體微恙、需要趕緊回家探望，攔了一部計程車便離開了；金智英與男同事則是坐在便利商店門口的戶外座椅區喝著罐裝咖啡。那是金智英提議的，感覺喝杯冰咖啡會讓自己醒醒酒，但是不知道是不是因為終於逃離那充滿尷尬的飯局，頓時放鬆下來的關係，喝完咖啡後不但酒沒醒，反而還感受到強烈的睏意襲捲而來。金智英趴倒在噴到泡麵湯汁的桌上，不論男同事怎麼叫她喊她都毫無反應。

偏偏就在那時，金智英的男友回電了。金智英早已睡得不省人事，男同事為了叫她男友來接她，決定代接電話，不料那卻是一項錯誤的決定。

「喂，您好，我是金智英的同事……」

「智英呢？」

「是，智英她現在睡著了，所以我代替她接電話……」

「睡著了？什麼鬼？你是誰啊？」

「不不不！不是您想的那樣，您好像誤會我的意思了，智英她喝了酒……」

「快叫智英接電話！」

金智英最後是被男友揹回家的，但是兩個人的關係也從此出現裂痕。

幸運的是，金智英的同事人都很好，比她當初想像得更不辛苦、更不難過、更不疲累，基本上過著算順利的職場生活，也請男友吃很多大餐，買包包、衣服、皮夾送給男友，有時還會代墊計程車費。然而，男友也變得越來越常等待金智英，等待她下班、等待她放假、等待週末。還只是個小職員的金智英自然只能配合公司，男友則必須不斷等待金智英的簡訊、來電和邀約回覆。自從金智英開始上班以後，兩人傳簡訊的次數和通話時間就大幅減少，男友抱怨著難道在上下班通勤路上、廁所、午餐後的餐廳裡，都不能打個電話或傳封簡訊？但其實金智英並不是沒有時間，而是沒有談情說愛的餘力。她周遭許多上班族和大學生的情侶組合也都遇到類似問題，不論女方還是男方，只要有一方是上班族都一樣。

當時金智英的男友正逢開始準備求職的階段，畢業在即，金智英對於自己幫不上什麼忙感到十分愧歉，因為她心知肚明男友當初是怎樣幫助她、支持她的，只要回憶起當時，依然會感覺到指尖像觸電一樣酥麻。但是，無奈她自己的日常已處於水深火熱當中，每天都必須戰戰兢兢，片刻不得鬆懈，要是一個不小心，很可能就會掉入萬丈深淵，所以實在無暇再照顧另一個人，也沒有多餘的心思能好好安慰別人。久而久之，就像冰箱上或浴室層架上堆積已久卻從不去清理的灰塵一樣，兩人的心中也慢慢充滿了對彼此的埋怨。就這樣，越離越遠的兩顆心，最終也因為那天晚上金智英喝醉酒而吵得不可開交。

其實男友清楚知道，過去金智英從未喝酒喝到這麼醉過，也知道那天是因為公司聚餐不得已被逼著喝那麼多，當然，他也知道接電話的男同事絕對和她是清白的，這些他都非常了解。但他在意的已經不是那些問題。就像在已經乾枯見底、布滿灰塵的感情上掉了一撮小火苗，最美麗的青春年華，也從此付之一炬。

後來金智英參加過三、四次聯誼，也和其中幾名約過會、看過電影、吃過飯。他們年紀都比金智英大，社會地位也比她高，薪水應該也都比較好。他們像以前金智英對待前男友一樣，請她吃飯、請看電影、送各種大大小小的禮物，但是她和那些人始終都只保持朋友的關係。

某天，公司突然宣布要成立企劃組，因為身為公關代理商，過去都是以配合客戶需求來舉辦各種大小活動，自然只能處於乙方角色，也幾乎都是被動等待廠商邀約。但在營運碰上瓶頸後，公司決定改走主動企劃各項活動專案的方式，找尋廠商合作，反正也已經累積了不少固定客源。當然，這不會是單次的活動，而是得長期進行的計畫，儘管不會立即創造收入，只要先打好這種工作模式的基礎，反而可以主導和顧客之間的關係，還可以期待業績穩定成長。大部分公司職員都對這件事展現高度興趣，金智英也不例外。當時，公司剛好指派金恩實組長來帶領這新成立的企劃組，而金智英也毛遂自薦，表示很希望可以加入成為組員。

「是啊，要是金智英小姐來我們部門，肯定會表現得很出色。」

雖然組長的回覆是肯定句，但是最終金智英還是沒能加入企劃組，組長反而挑了工作能力優秀的三名課長級主管，以及當初和金智英同期進入公司的兩名男同事到企劃組。在公司裡，大家把企劃組視為核心幹部團隊，而金智英和另一名同期進公司的女同事姜惠秀則難掩失落。過去在公司內部，她們的評價其實是比另外兩名男同事更高的，尤其前輩們經常公然地開玩笑說：「明明都是同期選進來的，那兩個男的怎麼會和妳們差那麼多。」其實那兩名男同事也不是特別辦事不力，但的確被主管分配處理較為簡單的客戶。

原本同期進來的四名同事感情非常要好，雖然每個人的性格截然不同，卻從未有過任何摩擦，總是有說有笑，相處融洽。但是自從兩名男同事加入企劃組以後，四人之間就開始產生了微妙的距離感，本來每天上班都會透過聊天軟體打字聊天，也突然不再有訊息出現；經常忙裡偷閒一起喝咖啡的下午茶時光，還有午餐聚會、下班後定期的小酌等，這些四人相聚的光景也不復見。在公司走廊上巧遇彼此，只會尷尬地點頭示意便擦身而過，最後，年紀最大的姜惠秀實在看不下去，只好主動安排了一頓飯局，順便小酌兩杯。

那天四個人喝到很晚，但每個人都保持清醒，沒有人喝醉。過去他們只要一起聚餐，就會像孩子般說些幼稚的玩笑話，抱怨工作太累或抱怨各自的組員，但是那天打從一開始氣氛就顯得有些凝重，因為姜惠秀先坦承自己其實談過一段短命的辦公室戀情。

「現在已經徹底結束了，你們別問我是誰，也別去猜是誰，在其他場合都不准提起這件事。總之，我最近心情實在糟透了，你們可要好好安慰我一下。」

金智英的腦海浮現了公司裡屈指可數的幾名未婚男性，但一轉念又覺得對方未必一定是未婚男士，於是感覺到一陣頭痛。兩名男同事大口喝著啤酒，其中一名說出了埋藏心底已久的擔憂，他擔心自己的弟弟去年大學畢業了，至今卻依然沒找到工作，自己也有就學貸款要還，然而，貸款更多的弟弟不曉得能否有脫離債務的一天。另一名男同事搔了搔頭，說：

「現在是什麼真心話時間嗎？我也應該坦承一件事情，是嗎？好吧，那，我的話呢，我覺得自己其實不太適合企劃組。」

金智英那天聽到了許多公司內幕。企劃組人力編排其實是完全按照公司社長的意思執行，之所以會選那三位工作能力優秀的課長過去，是為了讓企劃組可以打穩基礎，而另外兩名男同事會被選進去，則因為這是長期活動專案的緣故。社長很清楚這份工作壓力有多大，與婚姻生活、尤其是需要育兒的生活絕對難以並行，所以才會認為女職員不適任，而且也沒打算調整公司員工福利，因為他認為，與其為撐不下去的職員補足相關福利使其可以撐下去，不如把資源投入在撐得下去的職員身上還更有效。過去會將比較難伺候的客戶分配給金智英和姜惠秀也是基於同樣的理由，並非因為更信賴她們，而是沒有必要把比較有可能長期留在公司服務的男同事逼太緊，叫他們做苦差事。

金智英感覺自己彷彿站在迷宮的中央，一直以來明明都腳踏實地的找尋出口，今天卻有人突然告訴她，其實打從一開始這個迷宮就沒有設置出口，與其茫然地杵在原地，不如加倍努力，就算鑽牆也要殺出自己一條血路。企業家的目標最終是賺取更多利益，所以也無法責怪想要以最小投資創造最大利益的社長。但是只看眼前的投資報酬率，難道真的公平嗎？如此不公的社會最終還會剩下什麼呢？在職場上倖存的這些人真的幸福嗎？

她還得知原來公司核發給新進人員的薪資也會因男女性別而不同，男性的薪資一直都比女性來得高，但或許是那天承受的打擊與失落感已經太大，這件事對她來說已經不足為奇。她開始不再有信心能像以前一樣信賴社長和前輩，然而，天明之後酒也醒了，她再度習慣性地進公司上班，和以前一樣將主管交辦的事情處理好，但是熱情和對公司的信賴度卻明顯下滑了。

韓國是經濟合作暨發展組織（ＯＥＣＤ）會員國裡男女收入差距最大的國家，根據二〇一四年統計，男性薪資如果是一百萬韓圜，ＯＥＣＤ會員國的女性平均薪資是八十四萬四千韓圜，但是韓國女性的薪資卻只有六十三萬三千韓圜[24]。另外，英國《經濟學人》雜誌也發表一篇玻璃天花板指數，結果韓國是所有評比國家中吊車尾的國家，顯示出韓國職場對女性的不友善[25]。

24 資料來源：「Gender wage gap」，ＯＥＣＤ，二〇一四。
25 資料來源：The Economist Home Page，3 March 2016，http://www.economist.com/blogs/graphicdetail/2016/03/daily-chart-0。

2012年～2015年

「所以你失去了什麼？」

「啊？」

「你不是說叫我不要老是只想失去嗎？我現在很可能會因為生孩子而失去青春、健康、職場、同事、朋友等社會人脈，還有我的人生規劃、未來夢想等種種，所以才會一直只看見自己失去的東西，但是你呢？你會失去什麼？」

金智英和鄭代賢雙方家長的會面地點，是約在距離首爾江南客運站最近的一間專賣韓定食的店家。兩家人彼此寒暄了幾句，互道一些諸如很高興見到您、辛苦您特地前來等禮貌的問候語後，便維持了一段尷尬的寂靜。這時，鄭代賢的母親突然開始誇起只見過兩次面的金智英，說她乖巧、溫柔又體貼，不但把她不喝咖啡這件事情記在心上，後來見面時還改買傳統茶葉作為禮物；聽到她有點鼻音也馬上察覺，問說是不是感冒了。其實茶葉禮物只是按照百貨公司推薦的伴手禮選購的，剛好當時正值換季，所以金智英提醒伯母小心感冒，但完全沒察覺伯母有鼻音。原來那些無心的舉動可以讓人作出各種解讀，金智英當下備感壓力。金智英的母親聽聞未來的親家母這麼一說，心情似乎也很好，笑著回答：

「哪裡哪裡，是您過獎了，她長這麼大了卻什麼也不會呢。」

母親說道，都怪她自己實在看不慣事情堆在那裡，所以都會直接動手處理，導致孩子們從來沒有機會做家事，要是不想挨餓，至少也要會動手做點飯來吃吧。母親說著聽上去很像藉口的笑話，沒想到鄭代賢的母親居然也在一旁附和，說現在的年輕人都這樣。

兩個母親就這樣聊著自己的女兒多麼心無罣礙地讀書、工作，最後，鄭代賢的母親說道：

「哪有人本來就會的呢，都是邊做邊學唄，智英一定很快就上手的。」

金智英心想：不，伯母，我沒有信心會上手，而且在外面自己住的代賢哥其實更擅長做這些事，儘管結了婚，他也說他會負責處理這些家事。然而，金智英和鄭代賢都沉默不語，只保持微笑。

他們倆把鄭代賢原本住的住商混合大樓全租保證金，以及過去各自存的一些錢湊在一起，再向銀行貸點款，用全租的方式租下了一間二十四坪公寓，添購了一些家電用品，剩餘的錢則拿去籌備婚禮、度蜜月。幸好鄭代賢還有保證金這筆多出來的款項，加上平時兩人都認真存錢，沒有過度浪費，所以不必向父母親開口尋求金援即可完成婚事。

金智英和鄭代賢幾乎是同時間踏入職場的，金智英因為和父母同住，所以除了零花錢以外沒有其他多餘的生活開銷，但是真正存較多錢的人反而是鄭代賢，因為他的薪水比金智英高很多，兩人任職的公司規模差距也很大。金智英所屬的產業本來就比較處於劣勢，所以她自己心裡多少也有個底，只是沒想到會差這麼多，不免令她感到有些無奈。

婚姻生活比想像中來得順利，兩人都屬於經常晚下班、週末也要加班的工作型態，所以經常一天連一頓飯都沒一起吃過。他們偶爾會一起去看午夜場電影、買消夜吃，要是剛好週末都不用進公司加班，兩個人就會睡到很晚，起床後吃著鄭代賢烤的吐司，一同觀賞介紹最新電影資訊的節目。兩人的生活宛如情侶約會，也有點像在辦家家酒。

結婚滿一個月的那天正逢星期三，金智英加完班好不容易趕上最後一班地鐵回家，發現鄭代賢早已回到家自行煮了泡麵來吃，他還洗好碗、整理完冰箱、邊看電視邊摺衣服，等著金智英回家。餐桌上擺著一張結婚登記書，原來是鄭代賢在公司裡下載列印的，甚至還已經請兩名證婚人在上面簽妥姓名。金智英不禁笑了出來。

「幹嘛這麼心急？反正我們已經辦完婚禮還住在一起了，有登記沒登記不都一樣嗎？」

「心態會不一樣。」

金智英原本看鄭代賢如此急著要辦理結婚登記，不免感到既開心又期待，不曉得是肺還是胃，總之身體裡的某個部位，感覺充滿著氣體，使她感到飄飄然；然而，就在鄭代賢回答「心態會不一樣」時，宛如有一根又短又細的針刺向金智英的心，戳出了一個小洞。原本脹鼓鼓的心，慢慢地一點一點消了氣。金智英並不認同鄭代賢說的那句話，她認為那張紙並不會改變一個人的心態。究竟是主張登記完結婚心態就會不一樣的鄭代賢太有責任感，還是主張簽不簽都不會有任何心態改變的自己太專情；她一方面覺得這樣的先生很可靠，一方面又對他產生了微妙的距離感。

兩人並肩而坐，將筆電擺在面前，一一填妥結婚登記書上的空白欄位。鄭代賢寫著籍貫的漢字，每畫完一筆就抬頭看看筆電螢幕，仔細對照，金智英也和他差不多，這應該是他們有史以來第一次填寫籍貫。其他欄位則相對填寫較順利，鄭代賢早已要到雙方家長的身分證字號，所以父母親的資料他也能順利填妥，然後他們看到了登記書上第五項：子女的姓氏和籍貫，是否協議從母姓、從母籍？

「怎麼辦？」

「什麼？」

「這個，第五項。」

鄭代賢把第五項逐字唸了出來，然後看了看金智英，一副無所謂的樣子輕鬆說道：

「我覺得姓鄭就好啦……」

一九九〇年代末，關於戶主制[26]的爭議正式浮上檯面，主張廢除戶主制的團體也開始一一出現，有些人表示自己是冠父母雙姓，也有知名人士勇敢告白說，自己從小因為和繼父不同姓而遭受各種歧視和痛苦。當時有一部熱門的連續劇，就是在講述一名單親媽媽面臨孩子的生父要奪回撫養權的內容，金智英是透過那部劇才瞭解到戶主制的不合理之處，當然，也有許多人誓死也要反對廢除戶主制，他們主張要是廢除掉戶主制，將來的孩子就會宛如禽獸，連自己的父母兄弟姊妹是誰都不知道，整個國家就會變成一盤散沙。

26 譯注：法律保障只有男性才能成為家族的法定家長，子女必須隨父姓，儘管母親離婚改嫁他人，其子女也終生不得改姓。

最終，戶主制還是遭到廢除。二〇〇五年二月，基於違反兩性平等原則而宣布了戶主制違憲，並於二〇〇八年一月一日正式廢除戶主制[27]。從此以後，韓國再也沒有所謂「戶籍」，取而代之的是人手一本家庭關係登記簿[28]，大家也過得安然無恙。子女不再需要被迫從父姓，只要在進行結婚登記時，夫妻雙方達成協議，即可從母姓、從母籍。然而，根據統計資料顯示，廢除戶主制那年僅有六十五件申請從母姓的案件，自此之後每年受理的申請案也僅約兩百件[29]。

「也是，大部分人都還是從父姓，要是選擇從母姓，別人還以為有什麼隱情呢，到時候可能還要解釋一堆、申請更改等，一定很麻煩。」金智英說道。

鄭代賢用力點著頭表示認同。金智英親自在「否」欄位打了個勾，但她不曉得為何心裡有一股說不上來的鬱悶，這個社會看似改變很多，可是仔細窺探內部細則和約定俗

27 資料來源：《參予政府政策報告書》〈戶主制廢除：打破戶主制，邁向男女平等社會〉，二〇〇八年。
28 譯注：家庭關係登記簿與戶籍謄本的最大差異，在於戶籍謄本是以戶長為中心列出家族成員，記錄每一位家族成員的基本資料、婚姻、離婚、領養等資訊；而家庭關係登記簿則是以個人為單位，每個人都會拿到一本屬於自己的家庭關係表，只記載本人、父母、配偶與子女三代的基本資料，以減少不必要的個資露出。
29 資料來源：《女性新聞》〈父母決定的姓氏，究竟是否符合性別平等〉，二〇一五年三月五日。

成，便會發現其實還是固守著舊習，所以就結果而論，應該說這社會根本沒有改變。金智英反覆咀嚼鄭代賢說的那句「心態會不一樣」，並思索著究竟是法律和制度改變人的價值觀，還是人的價值觀會牽引法律和制度。

長輩一直在等待金智英和鄭代賢的「好消息」，他們也輪流做著不尋常的夢境，每次只要做到疑似是胎夢，就會立刻打給金智英關心她身體好不好。而幾個月過後，大家也開始紛紛擔心起金智英的身體健康狀態。

金智英婚後第一次遇到公公生日那天，就連住在釜山的親戚也都聚集到鄭代賢的老家吃午餐，而在準備午餐、吃午餐、收拾午餐的過程中，長輩不停向金智英詢問到底有沒有好消息、為什麼還沒消息、做過哪些努力等問題。雖然金智英都以還沒有生小孩的打算回答，但是他們似乎並不相信，自顧自地斷定絕對是因為金智英懷不上孩子，然後開始找尋各種原因；因為金智英年紀太大、身形太瘦，或者看她手腳冰冷，估計一定是血液循環不良所以懷不上孩子，不然就是看她下巴上長了顆痘子，推測一定是子宮不好……總之他們似乎已經作出問題就是出在金智英身上的結論。鄭代賢的姑姑悄悄地對金智英的婆婆說：

「妳這當婆婆的在幹什麼呢？還不快幫兒媳婦抓些中藥來補補身子，可別讓她埋怨妳啊！」

金智英絲毫沒有埋怨婆婆怎麼沒抓中藥給她吃，最令她難以承受的反而是一次又一次被過度關切，她很想要大聲說自己非常健康，一點也不需要吃什麼補品，生子計畫應該是和丈夫兩個人商量，而不是和妳們這些初次見面的親戚商量，但是她一句話都講不出口，只能不斷說著：「沒有啦，沒關係」等場面話。

開車回首爾的路上，鄭代賢和金智英一直在車裡爭執。金智英覺得十分心寒，因為自己遭人誤解身體有缺陷時，丈夫竟閉口不語，對此鄭代賢的解釋是，他擔心要是幫金智英說話，只會使事情愈演愈烈，但是金智英完全不能接受這樣的說詞，鄭代賢則認為是金智英太敏感，過度解讀長輩的好意。金智英聽到先生這麼一說，更是對他失望透頂，原本基於解釋的說詞到後來都成了吵架的把柄，不停重複輪迴。

他們一路開車北上，中途都沒有到服務區休息，直到車子在他們家地下室停車場停好以後，沉默不語的鄭代賢才終於開口說道：

「我想了一路，的確，如果妳在我的親戚面前受了委屈，我應該為妳挺身而出才對，因為比起由妳親自反駁他們，我應該比較好開口；而今天要是我因為妳的親戚受到委屈，則由妳為我出面，我們就這麼說定吧！今天是我的錯，我向妳道歉，對不起。」

鄭代賢突然把姿態放低，害得金智英也無話可說，明明自己沒做錯什麼，卻不禁看著鄭代賢的臉色回答：「知道了」。

「然後，我有個方法可以不用再聽他們囉哩八唆……」

「什麼方法？」

「就生吧，反正遲早都要有孩子，沒必要聽他們在那裡叨念個不停，趁我們還年輕，趕快先生一個吧。」

鄭代賢的口氣一派輕鬆，彷彿是在對金智英說「我們買一條挪威產的鯖魚吧」，或是「掛一幅克林姆的《吻》拼圖吧」，至少在金智英耳裡聽起來是如此。雖然兩人從未具體討論過家庭計畫或懷孕時間點，但是金智英和鄭代賢原本都打算婚後要生小孩，鄭代賢沒說錯什麼，只是對於金智英來說，這並不是一件能輕易決定的事情。

比他們早一年結婚的姊姊金恩英也還沒小孩，身邊大部分朋友都晚婚，所以金智英從來沒有近距離接觸過孕婦或新生兒。她無法想像自己懷孕以後身體會起哪些變化，最重要的是，她沒有信心兼顧育兒和職場生活，主要是因為夫妻都屬於平日晚下班、週末經常要進公司加班的工作型態，光靠托兒所無法解決他們的問題，加上雙方家長都無法幫忙照顧小孩，她突然發現自己連孩子都沒懷上，竟然就已經在煩惱要透過什麼方式託付給其他人照顧，不免令她備感自責。既然要如此滿心愧歉、無法親自陪伴孩子成長，那又何必要生呢？眼看金智英不停在嘆氣，鄭代賢拍了拍她的肩膀說道：

「我會幫妳的，別擔心。我會幫孩子換尿布、泡奶粉、用開水煮紗布衣殺菌的。」

金智英試圖將自己所感受到的罪惡感解釋給先生聽，包括擔心產後能否繼續上班，以及都還沒懷上孩子就在煩惱這些問題等，而鄭代賢也靜靜聽著妻子的說明，並適時地點頭回應。

「智英，可是我覺得妳不要只想著自己會失去什麼，要多想想妳會得到什麼。成為父母是多麼令人感動又富含意義的事情啊，而且如果真的假設遇到最糟情況，實在找不到可以托嬰的地方，導致妳不得不離職也別擔心，我會負責養你們的，不會讓妳出去辛苦賺錢。」

「所以你失去了什麼？」

「啊？」

「你不是說叫我不要老是只想失去嗎？我現在很可能會因為生了孩子而失去青春、健康、職場、同事、朋友等社會人脈，還有我的人生規劃、未來夢想等種種，所以才會一直只看見自己失去的東西，但是你呢？你會失去什麼？」

「我……我也一定不會像現在這樣自由啊，可能每天都要早回家，所以不能見朋友，在公司加班或者參加同事聚餐可能也會有些不自在，工作完回來還要幫妳做家事，肯定會比現在更累，然後呢，身為一家之主的我，嗯……撫養！對，還要撫養你們，所以壓力也會非常大。」

雖然金智英試圖不多做情感上的解讀，努力接收鄭代賢說的這番話，但是她覺得相較於自己的人生根本不知道會變成什麼模樣，丈夫所說的這些轉變，都顯得極其微不足道。

「是喔，你應該也會很辛苦。不過我工作絕對不是因為你叫我出去賺錢所以才去上班的，是我自己喜歡、覺得有趣所以去上班，不論是工作還是賺錢都是。」

雖然她努力壓抑自己的情緒，卻還是難掩心中的不甘，以及彷彿只有自己會有損失的心情。

週末早晨，兩人到住家附近的植物園散步，植物園裡布滿了不知名的白色小草，密密麻麻地長在地上，鄭代賢新奇地問金智英：「世界上還有白色的草喔？」金智英回答：「應該是某種草本植物。」兩人一步一步踩著柔軟的白色草地，走了好一會兒，突然看見草地中央有一塊像嬰兒頭部一樣圓鼓鼓的綠色東西，他們走近一看才發現，竟然是一根白蘿蔔，又大又漂亮的白蘿蔔，下半截插在泥土裡，只露出上半截，金智英一把拔起了那根白蘿蔔，沒想到蘿蔔白淨無瑕，幾乎不沾任何泥土。

鄭代賢笑著說：「這不是童話故事裡才會出現的白蘿蔔故事嗎？怎麼會做這麼奇怪的夢。」而如此奇怪的夢居然還真的是胎夢。

金智英經歷了非常嚴重的孕吐期，光是打個哈欠、吸一口氣就會覺得噁心想吐，除此之外沒有其他特別疼痛或水腫、頭暈等不適症狀，只有胃消化變得不太好，以及便祕導致小腹悶痛，偶爾也會感到腰痠。懷孕後她變得很容易疲累，最令她難熬的就是要忍住強烈睏意。

公司為了體恤懷有身孕的女性員工，規定可以晚三十分鐘上下班，當金智英宣布自己懷孕的消息以後，和她同期進公司的男同事毫不掩飾地說道：

「哇，好好喔，那以後不就可以晚三十分鐘上班了。」

那你要不要也一直噁心想吐、吃不好、睡不好、想睡又不能睡、身體到處痠痛啊。金智英在心裡暗自想著，表面上卻什麼話也沒說。雖然她有些失望男同事竟然不顧她懷孕後經歷的所有不便與痛苦，一派輕鬆地說出那番話，但她也知道對方不是自己的丈夫、家人，不能夠全然體會也在所難免。眼看金智英什麼話都沒說，另一名男同事反而跳出來幫金智英說話。

「欸，晚三十分鐘進公司，也得要晚三十分鐘下班啊，結果還不都一樣，你說那什麼話啊？」

「我們也經常加班啊，又不會準時下班，她等於是多賺早上那三十分鐘耶。」

金智英一氣之下說了自己並沒有打算比別人晚進公司，一定會和大家一樣，一分都不差地準時上班。為了避開人滿為患的地鐵，每天早上她都要提早一小時出門上班，而內心也總是悔不當初，氣自己何必意氣用事。她也想過會不會因為自己這樣堅持，導致剝奪了公司其他女性後輩的權利，但要是享受公司給予的權利與特殊待遇，就會被視為是賺到便宜的人；要是不想變成同事眼中賺到便宜的人，就得咬牙苦撐、認真工作，然後害得其他同樣懷孕的女同事也一起遭殃。

不論是出外公差還是請半天假去婦產科產檢，搭乘地鐵時經常會有人讓位給金智英，唯有上下班時間例外。金智英用手扶著感覺快要斷掉的腰，安慰著自己絕對不是大家冷漠，而是他們也已經很累了，根本無暇顧及到他人，但是每當她遇見光是站在對方面前就面露不耐與不悅的那種人時，坦白說心裡還是會很受傷。

某天，金智英比較晚下班，地鐵車廂裡已經沒有多餘的座位，把手也全部被人占用，她好不容易找到了一個車門附近剛好沒人的欄杆，站到了那裡，結果坐在金智英面前年約五十多歲的太太瞧了瞧金智英的肚子，開口問道：「幾個月啦？」金智英不太喜歡受人矚目，於是尷尬地回以微笑。太太再度詢問：「剛下班嗎？」金智英只是簡單地點頭示意，並刻意將視線轉移到其他方向。

「應該開始會腰痛了吧？膝蓋和腳踝也是，其實我上禮拜去登山時剛好扭到腳，所以現在這樣坐著也會痠，要不是我扭到腳就把座位讓給妳了，唉，要是誰能讓個座給妳就好了，一定很累吧？」

太太擺明了就是要說給附近其他人聽，她說完還環顧了一下四周，使得坐在附近的乘客都很不自在，金智英更是難為情，只好不斷搖著手說：「沒關係，我可以站。」婉拒了幾次之後，她發現還是敵不過太太的熱情幫忙，最後決定要移動到別的地方去站，結果原本坐在太太旁邊的年輕女子，身穿印有大學校徽的外套，一臉不耐煩地憤而起身，她還撞了一下金智英的肩膀，故意說了一句讓金智英難堪的話。

「肚子都大成這樣了，竟然還搭地鐵出來賺錢，真不知道在想什麼？」

金智英瞬間眼淚潰堤。**原來我是這種人，儘管肚子大成這樣，還只想著賺錢、搭地鐵的人**。由於她無處可躲，也沒有東西可以遮擋她那止不住的眼淚，所以她情急之下只好先下車再說。車站離家還有一段距離，她從來沒來過這個地方，外頭充斥著陌生的街道，但她還是選擇先走出車站。排班的計程車沿著車站外的道路排成一排，司機在等待乘客上門，金智英上了第一輛計程車。其實地鐵車廂內都是素未謀面的陌生人，繼續留在車廂裡哭也沒什麼大不了；雖然情急之下走出了車廂，也還是可以留在原地換搭下一班列車回家；但是她最後選擇搭計程車，沒有任何理由，那天她就是想搭計程車回家。

肚子比金智英還要大的婦產科女醫師，親切地笑著叫金智英可以開始準備粉紅色的衣物了。金智英和鄭代賢並沒有特別偏好的寶寶性別，但是她心知肚明長輩一定都很希望是個男寶寶，也有預感一旦告訴他們是女寶寶之後，又要承受各式各樣的壓力，所以心情難免有些沉重。金智英的母親得知是女寶寶之後，說了一句：「下一胎再生個男孩就好。」鄭代賢的母親則表示：「沒有關係。」然而，那些話聽在金智英耳裡很有關係。

這不是老一輩才有的事情，和金智英年紀相仿的女性友人，也經常分享著自己第一胎是生女兒，所以要得知第二胎性別時特別緊張；因為第一胎就懷了兒子，所以在公婆面前可以抬頭挺胸走路；得知懷的是男胎以後可以盡情買一些昂貴食材來吃等，大家都以稀鬆平常的口吻述說著。雖然金智英內心一直很想大聲說，我也可以抬頭挺胸走路、吃自己想吃的東西，這些都跟孩子的性別無關，但是感覺說了以後好像會顯得自己更難堪，所以只好打消這個念頭。

隨著預產期愈來愈接近，金智英的煩惱也愈來愈多，她煩惱著到底該不該只請產假，還是要請育嬰假，或者乾脆申請離職。當然，對於金智英來說，先向公司請育嬰假，等之後再找尋其他方法並決定去留是最好的，但是對於公司以及同事來說並不樂見於此。

金智英與鄭代賢討論了很多種可能，他們將生完小孩馬上回去上班、請一年的育嬰假然後再去上班、永遠不回去上班這三種可能寫在紙上，並整理出每一種情況誰會是孩子的主要照顧者、需要投入多少費用、分別有哪些優缺點等，要是夫妻都堅持要繼續工作，那麼孩子就只能拜託釜山的公婆幫忙照顧，或者請一名幫傭來家裡全天幫忙。

然而，拜託公婆照顧孫子可能還是有難度，雖然他們都表示願意幫忙，但是畢竟兩位都年事已高，婆婆甚至還動過腰椎手術；而夫妻倆對於請幫傭一事又感到不是很放心，因為幫傭不只要顧小孩，還要打理金智英一家三口的生活大小事，等於是所有生活、家事、時間都要和幫傭共享，並同住在一個屋簷下，光是要找一個會照顧孩子的人就已經夠困難的了，要找一個可以和平共處的陌生人朝夕相處更是難上加難，就算幸運找到一名非常棒的幫傭，相信費用一定也會貴得嚇人。而且要請到什麼時候？請到孩子能自行上學、去補習班、吃晚餐？那又是幾歲呢？在那之前又要忍受多少焦慮不安與自責愧歉呢？最終，他們得出了夫妻之中一定要有一人放棄工作專職帶小孩的結論，而那個人不外乎是金智英，因為鄭代賢的工作相對穩定、收入也較高，最重要的是，當時的社會風氣普遍來說也都是男主外、女主內。

明明這些事情都早在自己的預料之中，但是金智英依然難掩失落。鄭代賢拍著金智英垂落無力的肩膀說道：

「等孩子大一點的時候，我們再偶爾請保母幫忙顧一下，或者送去幼兒園，然後妳就可以讀妳想讀的書，或者找其他工作，趁這機會或許還能轉行做點別的事，我會幫妳的，放心。」

鄭代賢發自真心地說著這番話，金智英也明白他的意思，但心中還是不免冒出了一把無名火。

「可以不要再說『幫』我了嗎？幫我做家事、幫我帶小孩、幫我找工作，這難道不是你的家、你的事、你的孩子嗎？然後，要是我去工作，賺來的錢難道都只花在我身上嗎？幹嘛說得一副好像很關心我未來工作的樣子？」

好不容易做完困難的決定，卻又對先生發脾氣，金智英突然感到有些抱歉，於是主動向面露錯愕的鄭代賢說了聲對不起，鄭代賢則表示沒關係。

金智英向老闆遞辭呈時，一滴淚也沒流；金恩實組長對她說以後希望有機會能再一起工作時，她也沒哭；每天分批打包辦公室個人物品帶回家時、同事為她舉辦歡送會時、最後一天進公司上班時，她都沒有絲毫感傷。離職第一天，她為準備出門上班的鄭代賢熱了杯牛奶，目送他出門，然後重回被窩裡補眠，直到九點才醒來。她暗自盤算著去地鐵站的路上要買個吐司來吃，午餐要去吃全州食堂的豆腐渣鍋，要是工作提早做完，不知道要不要看個電影再回家，還要去一趟銀行領回到期的存款，想著想著，她突然意識到自己已經沒有工作的事實，原來自己的日常已經變得和過去不一樣，在不同於以往的日常生活中，將充滿著不可預測與規劃的事情，直到自己再次適應新生活為止，想到這裡，她才終於流下了眼淚。

那是她第一份工作，也是大學畢業後一腳踩進的第一個世界，很多人都說，社會猶如叢林般險惡，職場上交不到真心好友，但其實並不然。雖然那是一間不合理多過合理、付出大於獎勵的公司，可是自從她不再屬於任何團體，徹底變成單獨個體以後，才知道原來公司一直是非常可靠的盾牌，同事大部分也都很好相處，大家都有著相似的品味和嗜好，所以反而比學生時期的朋友更處得來。儘管先前的工作並不能賺大錢、對社會也沒有多大的影響力、也不是什麼能夠做出實際產品的工作，但對金智英來說，卻是十分有趣的一份工作。她透過達成主管交辦的事項、升遷等過程，得到所謂的成就感，並深深自豪可以用自己努力賺來的錢養活自己。然而，這一切都結束了，明明不是因為工作能力差或者不腳踏實地而搞丟飯碗，卻依舊失去了工作；就如同拜託其他人照顧孩子並不等於不愛孩子一樣，辭去工作在家帶小孩也並不表示對工作就沒有熱忱。

金智英辭掉工作是在二〇一四年，韓國已婚女性每五人當中就有一人是因為結婚、生子、育兒而辭去工作[30]。韓國女性的經濟活動參與度明顯在生產後降低，二十至二十九歲女性的經濟活動參與度顯示為百分之六十三點八，但是到了三十至三十九歲的

30 資料來源：〈2015年，透過統計數字看女性人生〉，統計廳。

女性，則跌落至百分之五十八，四十歲以上的女性則再度攀升至百分之六十六點七[31]。

金智英的預產期已經過了好幾天，卻遲遲沒有任何產兆，孩子在肚子裡愈長愈大，羊水也愈來愈少，於是他們決定催生。入院前一天晚上，金智英和鄭代賢總共吃了四人份的烤五花肉，還各自吃了一碗白飯，然後提早就寢。金智英輾轉難眠，既害怕又好奇，究竟生孩子會是什麼感覺。她腦中浮現了一些記憶片段，諸如小時候姊姊幫她做勞作作業、學校郊遊日母親包了壽司捲卻忘記放醃蘿蔔在裡面、孕吐嚴重時女同事買了爆米香給她吃等畫面，當時的心情與感覺再度活生生湧現。她直到清晨才終於睡著，中間也來回做了幾次生孩子的夢境。

金智英一早就抵達醫院，換好衣服後，護士幫忙灌腸，再把胎心音監測器圍在她的

31 資料來源：保健福祉座談會，「工作經歷斷層，女性志願政策的現況與課題」，第六十三頁，二〇一五年九月，崔敏靜。

肚子上，然後躺在待產室裡的病床上，打了一記催生針，她這下才開始感覺到睏意。然而，每次只要準備入睡時，兩名護士和一名醫生就會輪流進來內診。有別於過去一般產檢時所做的檢查，內診的檢查方式大不相同，每當他們的手指伸進陰道時，既粗魯又用力，彷彿要抓孩子的手把他從肚子裡取出來一樣，身體裡也經歷了一場宛如颱風或地震等級的肆虐。漸漸地，從最後一節脊椎開始感受到疼痛，陣痛週期愈來愈短，轉眼間，金智英已經緊抓著枕頭邊角，聲嘶力竭。陣痛持續不斷，感覺像是把樂高人偶的上下半身往反方向用力扭轉一樣，她覺得有人在使勁地扭扯著她的腰，子宮頸的開口一直沒開，孩子的頭也還沒降下來。自從正式進入陣痛期以後，金智英像著了魔似的反覆說著：「無痛、無痛、我要打無痛針，拜託了，幫我打無痛……」最後，無痛針為夫妻倆帶來了約兩個半小時的短暫平靜，然而在無痛針失去效用以後，再次來襲的疼痛感，已經無法與先前的疼痛程度相比，簡直痛不欲生。

孩子最後是在凌晨四點鐘出生的，由於小寶寶實在太惹人疼，金智英哭成了淚人兒，比陣痛時哭得還要慘。然而，接下來的日子裡，寶寶只要一沒有人抱就哭個不停，不分晝夜地哭泣，金智英要抱著孩子做家事、上廁所，也要抱著孩子補眠。她每兩個小時就要餵一次母乳，所以從來都沒能好好睡超過兩小時，卻得把家裡打掃得更乾淨，還要清洗孩子的衣服和手帕。她必須認真按時吃飯，只為了分泌出更多的乳汁，那段時期，是金智英人生中最常哭的時候，最主要是身體真的吃不消。

金智英的手腕也已經到了完全動不了的地步，某個禮拜六早晨，她將孩子託鄭代賢照顧，去了一趟之前扭傷腳時就診過的整形外科診所。診所就在他們家對面，老醫師幫她看了一下手腕，說有發炎但還不算嚴重，並詢問她是否在做一些需要用到手腕的工作，當金智英回答自己剛生完小孩時，老醫生點頭表示可以理解。

「生完孩子關節本來就會變得比以前脆弱，如果有在餵母乳，就最好別吃藥了，妳有辦法來接受物理治療嗎？」

金智英搖了搖頭。

「那記得不要太常使用手腕，只能讓它多休息，自然會好。」

「可是我要顧孩子、洗衣服、打掃家裡……根本不可能不用到手腕。」

金智英語帶無奈地低聲說著，老醫生不禁笑了。

「以前我們可是得拿著木棍敲打衣服清洗呢，還要燒柴火煮衣服消毒，蹲在地上掃啊、拖啊的，樣樣都來。現在洗衣服有洗衣機，家裡還有吸塵器不是嗎？現在的女人到底有什麼好辛苦的？」

金智英心想：那些髒衣服不會自行走進洗衣機裡，也不會自己沾水淋洗衣精，洗完以後更不會自己走到衣架上把自己晾起來；吸塵器也是，不會帶著吸頭到處吸、到處拖。這醫生真的有用過洗衣機和吸塵器嗎？

老醫生看著螢幕上顯示的病歷，為她開了一些餵母乳也可以吃的藥，點選著滑鼠。金智英不斷想著，以前還要一份一份翻找患者病歷、手寫紀錄和處方箋，現在的醫生到底有什麼好辛苦的？以前還要拿著紙本報告書去找主管簽核，現在的上班族到底有什麼好辛苦的？以前還要用手插苗、用鐮刀收割水稻，現在的農夫到底有什麼好辛苦的……但卻沒有人會這樣說。不論哪個領域，技術都日益月新，盡量減少使用勞力，而唯有「家事」卻始終得不到大家認同。自從成為全職主婦以後，金智英最深刻的體悟是：人們對

「持家」的雙重定義。有時持家會被看作是「整天在家裡閒著沒事做」，充滿著貶意和歧視；有時則被看作是「養活一家老小的事」，把妳捧得高高在上，卻又不會用金錢來換算這件事情，因為一旦有了定價，勢必就得有人支付。

❦

金智英的母親因為家裡做生意，所以沒辦法幫女兒坐月子。他們店面的周遭開始有其他餐廳進駐，使得粥品店的生意大不如前，父親為了節省人力成本，縮減了店裡的服務人員，改由母親上陣，不過幸好還維持一定的收入，供得起延畢的兒子。母親只要一有空就會打包一些店裡的粥品送去給金智英吃。

「都瘦到皮包骨了，還生了個孩子，又要餵母乳，一個人把孩子顧得這麼好，媽覺得妳實在太了不起，原來母愛就是這麼偉大啊。」

「媽養我們的時候是不是也這麼辛苦？都沒有後悔過嗎？那時候的媽媽也很偉大嗎？」

「哎唷，可不是嘛，那時候妳姊也很愛哭，每天從早哭到晚，妳都不知道我帶她去了多少趟醫院。孩子都生了三個，妳爸從來沒換過一片尿布，妳奶奶那時候還要求一定要準時做三餐給她吃，要做的事情有夠多，永遠睡不飽，全身痠痛，日子過得跟在地獄裡沒兩樣。」

但是為什麼母親從來都沒喊過一聲累呢，不只是金智英的母親，就連周遭已經生過孩子的親戚、前輩、朋友，也都沒有一個人告訴她最真實的育兒生活。電視和電影裡只會出現可愛的寶寶，母親也只說生孩子是一件偉大又美好的事情。當然，金智英一定會負責任地盡可能把孩子養好，但她實在不喜歡聽到有人說她偉大或了不起，因為一旦掛上了這樣的頭銜，彷彿就會變得連苦都不應該喊的感覺。

金智英結婚那年，電視上播出了以自然方式生產的紀錄片，也就是盡可能減少醫療團隊的介入，讓孩子和母親成為主體，以最自然的方式產下嬰兒，後來也出了許多相關書籍，蔚為風潮。但這是攸關兩條人命的事情，金智英認為還是透過專業醫師的協助最為安全，所以選擇按照一般進醫院的方式生產，並認為任何一種方式皆無好壞之分，主要還是得看夫妻雙方的價值觀以及經濟能力是否允許。然而，當時不少輿論紛紛傾向醫院的處置手法與注射藥物會對嬰兒造成影響，而這些影響雖然都沒有絕對的因果關係，卻讓選擇在醫院生產的媽媽感到自責、不安。那些有輕微頭痛就馬上找止痛藥來吃、光是點顆痣也要塗麻醉藥膏的人，卻要求母親應該要以最自然的生產方式忍受身體和精神上的痛苦，以及一不小心就會喪命的恐懼，只因為這樣看似比較有「母愛」，世界上會不會有名為「母愛」的宗教呢？信母愛，得永生！

「媽，謝謝喔，每次都送食物來，要不是有媽在，我應該早就餓死了。」

現在的金智英，能夠對母親說的話也只剩下感謝了。

和她同期進公司的姜惠秀請了一天假，買了一些孩子的衛生衣、尿布，還有女人的脣蜜等，要親自送到金智英家中。

「什麼是脣蜜？」

「就是我現在嘴巴上塗的這個，顏色不錯吧？我和妳膚色差不多，適合的脣彩顏色應該也差不多。」

金智英很開心，至少姜惠秀沒有說一些「媽媽也是女人」、「別整天像個黃臉婆一樣，多打扮自己」這種話，「這顏色感覺會適合妳」這樣就夠了，非常好。金智英馬上就把脣蜜拆開，試塗了一下，果然真的很適合她，頓時心情也開朗許多。

兩人一起打電話叫了炸醬麵和糖醋肉外送，並把過去累積的話題一口氣統統講完，金智英在聊天過程中也不忘餵鄭芝媛喝母乳、吃副食品，換換尿布，並抱起哭個不停的女兒在家中來回走動、輕拍安撫。姜惠秀雖然說自己很怕弄傷小孩，所以連碰都不敢碰，但也幫忙將副食品放進微波爐裡加熱、拿尿布、收拾碗盤。姜惠秀一臉好奇地注視著睡著的鄭芝媛臉龐，說道：

「真的好可愛喔！但不表示我想要生孩子、養孩子。」

「嗯，的確很可愛，但也不表示要叫姊生一個來玩，真的真的，沒這個意思。但要是真有了，我會把芝媛的衣服洗乾淨留給妳的孩子穿。」

「那要是我生的是兒子呢？」

「姊，妳知道孩子的衣服有多貴嗎？只要有人願意拿恩典牌給妳，管他是粉紅色還是大便色，應該都會來者不拒喔！」

姜惠秀呵呵笑著。金智英這下才想到要問姜惠秀：「今天怎麼會請假，最近難道不忙嗎？」姜惠秀則說最近整個公司人心惶惶，因為辦公室對面的女廁裡發現偷拍針孔，最後證實是二十多歲的男性大樓保全幹的好事。大概是前年的時候吧，管委會和新保全公司簽約，把既有的警衛伯伯統統換成了年輕保全，有些人認為年輕人比較令人放心，有些人則認為保全比小偷還要可怕。金智英心裡想著，那原本的那些警衛伯伯都去了哪裡。

更令人詬病的是揭發偷拍針孔的一連串過程，保全定期將那些偷拍的畫面上傳到成人網站上，而公司一名男課長正好是該成人網站會員，然後某天在網站上看見了那些女子如廁被偷拍的畫面。課長當時感覺照片中的廁所、擺設、用品，以及那些被偷拍的女性穿著很眼熟，最後發現竟然是自己的同事。但是沒想到他居然沒有報警或告知那些被害者，還將那些照片散播給其他男同事看。至今，大家都還不知道究竟有多少男同事看過那些照片，也不知道他們傳了多久、過程中都聊了些什麼，總之，其中一名男同事開始告誡自己同為公司職員的女朋友，叫她使用其他樓層的廁所，感覺有異的女友不斷逼問男友，最後才終於得知真相。但是該名女職員還是沒能將這整件事公諸於世，因為他和男友當時是社內祕戀。最後，她思考了許久，忍不住只對一名非常要好的女同事說了這件事，而她那名要好的朋友正是姜惠秀。

「我後來把事情告訴了所有女同事，也一起去把偷拍針孔找了出來，還報了警，現在那名變態保全和我們公司的變態男同事也都在接受警方調查。」

「天啊，好噁心，實在太噁心了！」

金智英一時之間想不到可以用什麼詞形容，只想到噁心這個字眼，然後又不禁回想：那我該不會也被偷拍到了吧？公司男同事也看到了嗎？現在正在網路上流傳嗎？姜惠秀似乎查覺到金智英在想什麼，於是補充說道：「裝設偷拍針孔是在今年夏天。」也就是金智英離職後才有的事。

「我其實在接受精神科醫師的治療，雖然外表看似正常，還故意笑得很大聲，一副開朗的樣子，但其實我真的快瘋了。現在只要和陌生人眼神交會，就會一直想著那個人是不是也看了我上廁所的照片；聽到有人在笑也會覺得一定是在嘲笑我，公司裡大部分女同事都在吃藥、接受心理諮商。靜恩甚至因為吃太多安眠藥而被送去急診室，總務部門的兩名女職員和崔慧池代理、朴善英代理則乾脆選擇離職。」

要是金智英繼續留在那間公司工作，很可能也會慘遭偷拍，然後和其他女同事一樣整天提心吊膽、接受心理治療，最後選擇離職也不一定。她萬萬沒想到，流傳私密照這種事情竟會如此容易發生在一般人身上。不論是在廁所裡裝設偷拍針孔的男性保全，還是輪流傳閱那些照片的公司男同事，姜惠秀都覺得世界上已經沒有可信的男人。

「結果那些接受調查的男同事居然還說我們太過分，他們認為針孔又不是他們裝的，拍攝者也不是他們，只不過是在一個任何人都可以瀏覽的網站上看照片，就被當成性犯罪者。但他們明明就在流傳照片、幫助犯罪，卻完全不知道這樣做有什麼不對，一點基本常識都沒有。」

現在金恩實組長集結了幾名精神狀況還算良好的受害者，接受一些女性團體的協助，正勇敢面對這整起事件。金恩實組長甚至在籌備一間公司，打算把公司裡的女職員一口氣統統帶走，因為她們要求公司應該要有具體的道歉以及承諾，防止類似事件再度發生，負責人也要接受懲處，但是公司男老闆的態度只想息事寧人，不斷說著「要是這件事情在業界傳開，那公司該怎麼辦？」「那些男同事都有父母妻兒，一定要把他們逼上絕路才甘心嗎？」「站在女生立場，把這件事情鬧大不也沒什麼好處嗎？」公司老闆的思維和想法，原本都比同年紀的韓國男性還要年輕、新潮，但沒想到竟然會從他口中說出這些自私自利、只想自保的謬論，金恩實組長實在聽不下去，最後忍不住說：

「既然他們都有父母妻兒，那麼就更不應該做那種事情，而不是可以因此得到原諒。老闆，先從您的觀念開始改變吧，您要是繼續用那種價值觀在職場上混，就算這次的事情讓您僥倖過關，之後類似的事情一定還是會層出不窮。從過去至今，您應該知道自己一直都沒有接受過完整的公司性騷擾預防教育吧？」

其實金恩實組長內心也充滿恐懼，早已心力交瘁。不論是她還是姜惠秀，還有一起為這件事情擔憂的所有受害者，每個人都希望這件事能盡早落幕，回歸日常。諷刺的是，當加害者在擔心自己很可能會失去一些雞毛蒜皮的小事時，受害者則必須做好很可能會失去一切的心理準備。

鄭芝媛剛滿周歲不久便開始去上幼兒園，沒想到很快就適應了學校生活。每天早上九點半前要到幼兒園吃早餐，玩一會兒再吃午餐，下午一點前回到家裡，洗好澡再睡一下午覺。要是扣除掉接送孩子去幼兒園的時間，金智英等於會有三小時左右的空檔，然而，那段時間也不全然屬於金智英個人的休閒時光，她必須得抓緊時間洗衣服、洗碗、整理家裡、張羅孩子要吃的零食和飯菜，真正能利用那段時間悠閒喝杯咖啡的機會少之又少。

實際上，照顧零到兩歲子女的全職主婦，一天當中大約有四小時十分鐘左右的閒暇時光，將孩子送去教育機構的主婦，則有四小時二十五分鐘左右，等於一天只多出十五分鐘，也就是將孩子送去教育機構的主婦，並不表示就能夠好好休息，差別只在做家事時孩子有沒有在身邊罷了[32]。當然，對於金智英來說，光是能夠放心專注地做家事這一點，就已經令她心滿意足，總算能好好喘口氣。

幼兒園的老師說，芝媛個性溫和、適應力好，應該可以試著在學校待到睡完午覺再回家，雖然金智英表示暫時還是讓女兒待到吃完午餐就好，但是聽聞老師這麼一說，不禁也讓她動起了想要試試看的念頭。

芝媛出生前，鄭代賢和金智英靠著雙薪收入並認真儲蓄，好不容易還清了向銀行貸款的全租金。然而，就在房子簽約租滿兩年之際，房東按照周遭房租時價將保證金多漲了六千萬韓圜，使得夫妻倆不得不再次向銀行貸款。光靠鄭代賢一個人的收入，根本不敢妄想能買一間小公寓，讓一家三口不用再擔心搬家、保證金等問題；等芝媛長大上了幼稚園、開始去補習以後，會更難負擔那些費用。金智英感受到自己也得賺錢貼補家用的壓力，房價、物價、教育費……有無止盡的開銷擺在她眼前。只要不是能領到鉅額遺產或者從事極少數的高所得行業，每個人都生活得苦不堪言。

32 資料來源：《韓係來21》（Hankyoreh21）第九四八號，〈全職主婦的結論〉。

金智英周遭也有許多女性友人是從孩子開始上學以後重回工作崗位的，有些轉行做自由業，有些則是當家庭訪問輔導老師、補習班講師，或者創業開設K書中心等，不然就是跳入補教市場。最多人選擇以打工維生，諸如當賣場收銀員、服務人員、飲水機管理人員、電話客服人員等。產後離職的女性有一半以上都會面臨五年以上找不到新工作的窘境，儘管好不容易找到新工作，從事行業與雇用型態等條件面也都明顯下滑。如果與產前的職場相比，二次就業婦女選擇在四人以下小型事業體工作的比例多一倍，投入製造業與公司上班族的人明顯減少，反之，投入住宿、餐飲業、零售業的人則變多，薪資條件也當然不盡理想[33]。

自從義務教育開始實施以後，大家對年輕媽媽有著刻板印象，認為她們都把孩子送去幼兒園，然後自己去喝下午茶、做指甲、逛百貨，然而，現在韓國真正擁有那樣雄厚財力的三十世代婦女真的不多，只占極少數，多數還是領著最低薪資在餐廳、咖啡廳裡端盤子送餐點，幫別人做指甲、在百貨公司裡銷售商品。自從有了女兒以後，金智英每

33 參考資料：《2015 KEIS 勞動市場分析》〈經歷斷絕女性現況與政策課題〉，金英玉著。

次看見與自己年齡相仿的女性，就會不免好奇對方是否有小孩、小孩多大了、託誰照顧等。經濟不景氣、高物價、惡劣的職場環境……其實人生中的各種苦難，誰都會面臨，無關性別，只是許多人不願承認這點。

金智英把女兒送去幼兒園以後，準備到賣場買一些飯菜，這時看見了賣場入口的冰淇淋專賣店，張貼著一張誠徵平日門市人員的海報，工作時間是從早上十點至下午四點，時薪五千六百韓圜，歡迎二次就業婦女前來應徵。頓時，金智英的眼睛一亮，看了一下店裡的店員，應該也是一名主婦。金智英決定進去買一球冰淇淋，順便問問關於徵人的事情，沒想到竟得到了非常親切的說明。那名店員說她自己也是兩個孩子的母親，自從孩子開始上幼兒園以後，自己就出來工作了四年，她表示是因為老大準備要上小學了，所以才決定離職，不然其實很不捨得離開。

「這間店是在賣場裡，所以平日客人不多，要是天冷更不忙。一開始我挖冰淇淋挖到手臂痠痛，但是後來自己找到訣竅就慢慢習慣了。」

「可是您都做了兩年以上，不是應該可以轉正職了嗎？」

「唉唷，怎麼會有這麼天真的想法呢？現在有哪個打工機會是和妳簽合約、幫妳投四大保險[34]的啊？都是老闆直接跟妳說：『那就明天開始來上班吧。』妳回答：『好的，沒問題。』這樣彼此口頭承諾的，然後再按時把薪水匯進我或我老公的戶頭裡，都是這樣啊。不過老闆說我做得算久，所以多少會再補給我一點退休金，不無小補啦。」

不曉得是不是因為同為母親的關係，還是因為金智英問了個天真的問題，店員感覺有點替她擔心，提醒她孩子送去幼兒園以後，會多出很多時間，找不到比這份工作更好的了，並承諾會先把徵人海報撕下來，叫金智英盡快考慮回覆。金智英告訴店員自己會再回去和先生商量一下，並準備轉身離去，這時店員補了一句：

「我也是大學畢業的。」

店員突如其來的一句話，竟惹得金智英突然哽咽想哭。走回家的路上，店員對她說的最後那句話一直言猶在耳。鄭代賢傍晚下班以後，金智英詢問了他的意見，鄭代賢看了看時鐘，思考了一會兒，反問道：

34 譯注：指國民年金、健康保險、僱用保險和工傷保險。

「這是妳想做的事情嗎？」

其實金智英並不喜歡吃冰淇淋，應該說根本對冰淇淋毫無興趣，也不覺得自己將來會研究冰淇淋相關的學問或者從事冰淇淋相關行業。認真打工也未必會轉成正職或升上去當主管，也不可能調進總公司的某個部門工作。時薪可能只會按照每年的最低薪資調升幅度成長，雖然是一份看不見未來的工作，眼前的優點卻具體可見，因為每個月能為平凡上班族家庭帶來將近七十萬韓圜的額外收入，自然不容小覷。除了送去幼兒園的費用外，不用再另外請其他幫傭，也可以適當地兼顧育兒與家事，所以使她很難抉擇。

「這真的是妳想做的工作嗎？」鄭代賢再次問道。

金智英回答：「倒也不是。」

「當然，人不可能只做自己想做的事，但是智英啊，我現在就是在做我自己喜歡的事情，可是我做著我喜歡的事，卻害妳不能做妳喜歡的事，現在甚至還要讓妳去做自己不喜歡的事，我真的做不到。總之，這是我現在的想法。」

金智英上一次煩惱自己的未來出路是在十年前，當時她認為找工作最重要的是要看符不符合自己的性格和興趣，但這次她需要考量的層面變廣了，其中，首要考量是要盡可能自己照顧女兒，不需再額外請幫傭，光靠送去幼兒園的時間就能進行的那種工作。

任職於公關代理公司時，金智英一直很想要成為一名記者，雖然從現實面來看，要能成功通過媒體機構的公開招募面試根本不可能，但是總覺得應該可以挑戰看看當自由記者或自由撰稿人士，她一想到自己的人生彷彿可以重新開始，就感到十分雀躍。首先，她先去查詢了一下培訓記者的相關補習班，發現課程大部分都開在晚間時段，也就是上班族下班後剛好可以去上課的時間，那麼幼兒園也早已下課，就算鄭代賢準時下班回家，她也要等他回到家以後再出門去上課，那時課程早已進行了一大半時間。後來她靈機一動，想說那就趁自己上課期間請臨時保母幫忙顧一下，但是後來發現願意顧短時間、短期的保母少之又少。都還沒正式開始工作，只是去聽講座學習如何工作，就要另外再請保母照顧孩子，這點也讓她感到很無奈。更何況上課費用加上保母費用，也是一筆不小的金額。

寫作培訓補習班白天的課程，大部分都是開給把這個當成興趣學習的學員，或者是開給準備考講師執照的學員，而這裡所指的講師執照，主要是指導兒童閱讀、論述、歷史的講師。**所以要是生活寬裕就把寫稿當興趣，不怎麼寬裕就用這技能來教自己的孩子或者別人的孩子，是這樣嗎？**金智英突然覺得生完小孩以後，好像連興趣和才能都被人侷限了。令她感到滿心期待的事情愈來愈少，取而代之的是令人疲憊的無力感。過了一段時間之後，她重回那間冰淇淋專賣店，但發現他們早已雇用了新員工。當下金智英便決定，以後要是再出現時間和條件都符合她需求的時薪工作，不論那是什麼行業，都一定得先做了再說。

轉眼之間，天氣漸涼，炎暑已消，正式進入了秋天。金智英到幼兒園把芝媛接了出來，放上推車，她打算帶女兒去晒晒太陽、透透氣，於是決定前往附近的公園。她走著走著，女兒在推車上早已睡著，她猶豫了一下要不要乾脆折返回家，但是因為外頭天氣實在太好，於是決定繼續走走。公園對面一棟大樓的一樓店面新開了一間咖啡廳，正在進行開幕促銷活動，金智英點了一杯美式咖啡，外帶到公園的長椅上坐著慢慢享用。

芝媛睡得香甜，嘴角還流著一大攤口水。難得在外悠閒喝到的一杯咖啡，美味程度自然更勝以往。一旁長椅上坐著幾名年約三十出頭的男性上班族，同樣也在喝著那間咖啡店的咖啡。金智英明知道他們工作有多麼辛苦煩悶，卻還是難掩心中的羨慕，觀望了他們許久。就在那時，其中一名男子發現金智英在看他們，便向同行的友人竊竊私語。雖然金智英聽得不是很清楚，但是隱約聽見他們在說：「我也好想用先生賺來的錢買咖啡喝、整天到處去閒晃……媽蟲[35]還真好命……我一點也不想和韓國女人結婚……」

金智英快步離開了公園。她已經顧不得熱騰騰的咖啡灑在她手上，中途孩子驚醒哭泣她也沒發現，只想逕自衝回家躲起來。那個下午，她茫然失措，不小心把一碗忘記加熱的冷湯餵給孩子喝，也忘記幫孩子穿尿布，尿得她一身溼，還徹底忘記自己有洗衣服這件事，直到芝媛睡著後她才發現，急忙晾著已經皺褶不堪的衣服。鄭代賢到了深夜

35 韓國網路流行語，帶有貶意，原指沒有把小孩管教好的媽媽，後來變成暗諷有小孩的母親整日無所事事，過著靠老公的生活。

十二點鐘才結束同事聚餐回到家中，他買了一包鯛魚燒給金智英，當他放在餐桌上時，金智英才意識到原來自己一整天什麼也沒吃。她告訴鄭代賢自己一整天沒吃午餐也沒吃晚餐，鄭代賢則問她發生了什麼事。

「他們說我是媽蟲。」

鄭代賢嘆了一口長氣。

「那些留言都是小屁孩寫的，那種話只有在網路上才會出現，現實生活中不會有人這麼說的，沒有人會說妳是媽蟲。」

「不，我早上親耳聽到的，在對面那座公園，他們看起來應該有三十歲，西裝筆挺，人模人樣的，但那幾個男人真的是這麼說我的。」

金智英把白天發生的經過一五一十講述給鄭代賢聽，當下她只覺得不知該如何是好，也感到丟臉，所以一心只想著逃離現場，但是她事後回想，不禁氣到臉頰漲紅，甚至手都會發抖。

「那杯咖啡只要一千五百元，那些人也喝著同樣的咖啡，所以應該很清楚價格。

老公，我難道連喝一杯一千五百元的咖啡資格都沒有嗎？不，就算今天這杯咖啡是一千五百萬元好了，我用我先生賺的錢買什麼東西到底關他們什麼事，我又不是偷先生的錢來用，我賭上自己的性命把孩子生下來，甚至放棄了自己所有的生活、工作、夢想，只為了帶孩子，但我卻成了他們口中的一隻蟲，你說我接下來該怎麼辦？」

鄭代賢不發一語，緊緊將金智英摟進懷裡，他也實在不知道該說什麼，只好不斷輕拍著金智英的背給予安撫，並適時地反覆說著：「別這樣想……」

金智英偶爾還是會變成另一個人，有時是還在世的人，有時是已過世的人，但都有個共通點——都是她周遭的女人；而且怎麼看都不像是在開玩笑或者在捉弄人，真的是完美且唯妙唯肖地，徹底變成那個人。

2016年

所以不論是多麼有能力、表現優秀的人，只要解決不了育兒問題，女職員都免不了會帶來這些困擾。

根據金智英與鄭代賢的陳述，粗略整理金智英的人生大概就是如此。金智英每週會來接受兩次諮商，一次進行四十五分鐘，雖然她的症狀好轉許多，變成別人的頻率也大幅減少，但仍未完全改善。我為了幫助金智英解決當下的憂鬱感與失眠問題，開了一些抗憂鬱的藥物和安眠藥給她。

剛開始聽鄭代賢述說妻子的症狀時，我懷疑會不會是過去只有在書上看到的人格分裂，親自見過金智英以後，才確定應該是典型的產後憂鬱延伸到育兒憂鬱所致，但是隨著一次又一次的諮商，我變得越來越沒把握，並不是因為金智英出現抗拒反應或自我封閉，而是因為我看著金智英選擇的人生，瞭解到是我太急於下診斷，這並不是誤診，而是原來還有我從未想過的一面。

她通常不會馬上抱怨自己當下遭受的不當待遇或痛苦，也不會一直沉浸在兒時的傷痛當中，雖然不容易先開口，但是一旦打開了話匣子，就會願意主動對你掏心掏肺、侃侃而談，講得有條有理。

要是我只是一名平凡的四十多歲男性，可能一輩子都不會知道這些事。我想到了我的妻子，我倆當初是大學同學，她比我會讀書，也比我更有企圖心，後來成為眼科醫師，然而她最終放棄了大學教授的工作，改當領固定薪水的醫師。想到她最後離開職場這段過程，我終於知道，原來身為韓國女性、尤其是孩子的母親，背後究竟蘊含了多少不為人知的辛酸。其實身為不是生產與育兒主體的男性，在沒有像我一樣遇到金智英這樣的特殊案例前，不瞭解也是必然。

我父母家在其他城市，太太娘家又遠在美國，只好把孩子送去幼兒園，並輪流拜託不同保母照顧，如此這般，好不容易才苦撐下來。孩子終於上了國小後，下課後會去安親班，再跟著老師學跆拳道、跳跳繩，等待母親下班去接他。妻子對我說，她好像這下才總算能好好喘口氣，但是就在學校暑假尚未開始前，妻子被老師請去了學校一趟，原來是因為孩子把筆芯插進了同班同學的手背裡。

老師說孩子上課時老是在教室裡來回走動，還會在自己的湯裡吐口水再喝，踹同學的小腿骨，還對老師講髒話。妻子聽聞這些事情以後簡直不敢相信，雖然過去孩子經常哭鬧說不想去幼兒園，叫媽媽不要去上班，但總是老師眼裡乖巧溫馴的孩子。儘管曾被人推打或咬傷過，卻從未主動去傷害他人。班導師告訴妻子，孩子很可能是注意力不足過動症（ADHD），不論我怎麼說我們的孩子不屬於這個症狀，妻子也不願意信我說的話。

「我是精神科醫師，妳難道不相信我嗎？」

妻子瞪了我好一陣子，說道：

「你應該親自見過患者，看著他的眼睛，聽他說點什麼，才能診斷出個所以然吧。我看你一天和孩子相處根本不到十分鐘，你知道什麼啊？甚至就連那十分鐘都還只盯著手機螢幕看，你真的瞭解他嗎？光看他睡著的樣子就能診斷？聽他的呼吸聲就能知道？你是會通靈嗎？所以不是醫生是乩童囉？」

那段期間，我為了籌備診所擴大經營的事情忙得不可開交，用手機主要是為了處理公事、收發電子信件或寫簡訊，聯絡相關人士，偶爾會順便看看網路新聞，但我發誓絕對沒有打電動或和別人聊天。然而妻子說的全部屬實，我也無話可說。雖然孩子注意力不足與妻子上班工作看似毫無因果關係，但是班導師建議，孩子這個年紀最好還是有母親在一旁陪伴，所以妻子最終做出了離開職場的決定。她的生活作息變得要比以前上班時還要更早起，幫孩子準備早餐，再把孩子叫起床，親自幫他洗臉刷牙、餵他吃飯、幫他穿衣服、送他去上學、接他回家、請美術和鋼琴老師來家裡指導。到了晚上，妻子會陪孩子一起睡，她說，只要等孩子情況穩定了，就會再重返職場，她也已經和公司前輩說好，會為她保留一個工作崗位。然而不久之後，她發現孩子的狀況絲毫不見好轉，只好主動打了通電話給前輩，請她取消那個保留職位。

那年最後一天，我難得和高中同學聚餐，順便一起跨年，回到家已經很晚，我看見妻子坐在餐桌前，埋首認真地在寫東西，我走近一看，原來她在寫習題。那是一份顏色繽紛、半頁幾乎都是可愛圖案和照片的國小數學習題本。

「妳怎麼在幫孩子寫作業？」

「因為現在是寒假啊，而且現在的國小老師已經不再出這種習題作業給小孩了，哎呀，你不懂啦。」

「那妳這是在幹嘛？」

「就……單純想解題啊，我看最近國小學生的數學題目和我們小時候學的不太一樣，變好難喔，解得好過癮。你看這個，這真的是首爾的公車系統，然後這題就是叫你要對照這個表和地圖以及路線圖，來猜是哪一號公車，不覺得很有趣嗎？」

老實說，我覺得並沒有有趣到需要熬夜解題，但是當下我實在太睏也太累，只好隨便敷衍一下便走進房間休息。

週末當我在處理家中的垃圾分類時，赫然發現廢紙箱裡堆滿著國小數學習題，仔細一看都是妻子寫滿的解答，至今丟過那麼多本習題，還以為是兒子非常認真用功讀書。有些人可能會將此視為是妻子的特殊興趣或只是她的可愛舉動而不以為意，但是我卻嗅到了不尋常之處。我太太是數學天才，學生時期經常參加各種數學比賽，獲獎無數，高中三年期間也創下了十二次的期中、期末考數學成績全部滿分的誇張紀錄，聽說只有在大學聯考時，數學科目很可惜出現一題失誤，所以我不明白她怎麼會一直在解國小數學習題。我問了妻子原因，也只得到一句簡短的回應：「因為有趣啊。」

「依妳的程度怎麼可能會覺得這很有趣？應該簡單到不行才對吧。」

「很有趣，非常有趣！因為現在能按照我的意願做的事情就只剩這個了。」

妻子依舊寫著國小數學習題，我希望她可以做點其他比這更有趣、更擅長、更喜歡的事情，不是因為只剩下這件事可做，而是做她真正想做的事。我同樣希望金智英也可以做自己真正想做的事。

我看著擺放在辦公桌上的全家福，那是在孩子滿週歲時去相館拍攝的，照片中兒子稚嫩的臉龐早已和現在大不相同，我和太太則和現在的樣子差不多，原來這是我們至今唯一一張全家福。正當我滿心自責時，有人敲了我的診間門，看來還有人沒下班。

諮商師李秀蓮醫師小心翼翼地走了進來，把一盆仙人掌放在窗邊，對我說了一些制式的道別臺詞，「很感謝過去的關照」、「不好意思」、「希望之後還有機會一起共事」

等，我也回以機械式的臺詞，「很可惜」、「很感謝」、「可以的話一定要再回來上班」等等。今天是李醫師最後一天上班，聽說婦產科醫師叫她要乖乖躺著安胎，不知為何在診所裡待到這麼晚。

「我想整理一下病患的轉診資料。」

可能是因為我面露訝異，都還沒開口詢問，李醫師便自動回答了。李秀蓮醫師是一年前透過院長引介加入的，她和先生結婚六年，最近才好不容易懷上孩子，但是聽說胎兒狀況不是很穩定，經歷過幾次流產危機的她，決定先「暫時」離職。雖然一開始我覺得她應該休息一、兩個月就好了，沒必要離職，但是後來想到等她生產時還得再次請假，之後又可能因為產後身體不適、孩子生病等理由缺勤，直接離職也未嘗不好。

當然，這位醫師是非常優秀的員工，長相美麗可人，穿著整齊可愛，親和力十足，也很懂得察言觀色。她甚至記得我愛喝的咖啡品牌和口味，每次都會多買一杯給我；面對同事、患者也總是笑臉迎人，會親切地主動問候，讓診所裡的氣氛變得熱絡許多，但是因為離職決定得太倉促，導致選擇結束諮商的患者比決定轉診的患者還要多，站在診所的立場，等於是失去了一票客人。所以不論是多麼有能力、表現優秀的人，只要解決不了育兒問題，女職員都免不了會帶來這些困擾。我暗暗決定，下一個人一定要找未婚單身的才行。

【作者的話】

我總覺得，金智英一直生活在我們周遭，可能是因為和我的女性友人、前輩、後輩以及我自己都十分相像的緣故。其實寫這本書的過程中，我對金智英一直都充滿著不捨和無奈，但是我清楚知道，這就是她的成長背景、她的生活，別無他法，因為我自己亦是如此。

我認為，對於凡事總是謹慎做決定、忠於自己的選擇、全力以赴的金智英來說，這個社會應該要給予合理的補償與鼓勵，也應該要給予更多機會和選擇餘地才是。

我自己有一個比芝媛大五歲的女兒，女兒說她長大以後想要當太空人和科學家，我希望、我相信，也努力想辦法讓女兒的成長背景可以比我過去的生長環境更美好，由衷期盼世上每一個女兒，都可以懷抱更遠大、更無限的夢想。

二〇一六年秋

趙南柱

【作品解析】

你我周遭的金智英

金高蓮珠（女性主義研究學者）

一般來說，小說中的主角往往都很獨特，獨特的主角究竟會活出多麼具有說服力的人生，甚至會左右一本小說的精采程度；但是這本《82年生的金智英》裡的主角，極其平凡又似曾相識，一點也不奇特。由此可見，追求普遍性而非特殊性，正是這本小說最特殊之處。

金智英是個再平常不過的名字，相信每個人周遭一定都有個名叫金智英的朋友，根據統計調查顯示，一九八二年出生的女性當中，最多人取的名字也的確是「金智英」。既然是一九八二年生，那麼現在差不多是三十五歲左右的年紀，而這本書的書名，恰好充分濃縮了這本小說的目的——刻劃當今女性的普遍人生。

在這強調多元化與個人魅力的時代，代表著當今女性的這個角色人物，究竟富含什麼樣的意義？「活出自我」、找尋何謂「自我」，顯然成了每個人不得不面對的課題。不，更確切地說，應該是每個人都以為要找出「自我」，但是最終發現，這件事情並不容易。因為「自我」的形成來自於發掘自己和他人之間的差異，但是足以構成「自我」的差異性並不多。當然，能夠構成自我定位的元素非常多，每個人會依照自己賦予哪一種定位角色更多意義，而有截然不同的個人經驗。但是在無數種定位當中，其核心還是擺脫不了「性別」，如果專注在「女性」這樣的定位，便不難發現有一半以上的韓國人都在經歷著相似的事情，因為「社會性別（Gender）是一種強而有力的『體制』，會作用在愛情、婚姻、家庭成員組成、生育、高齡化等私領域，以及經濟、宗教、政治、媒體、學校等所有公領域」的緣故。

書中提及的故事情節十分寫實，從金智英的童年、學生時期、職場生活到婚姻生活，相信只要是女性，都會對這些內容感到很熟悉，甚至在翻頁時都可以想見接下來會發生哪些事。或許讀者朋友會希望故事可以發展出出人意料的情節，引領期盼著「拜託金智英可以不要走我走過的路……」很可惜，幸運之神最終並沒有特別眷顧金智英，她反而和我們走著大同小異的人生，閱讀到最後，你甚至分不清自己究竟是金智英，還是金智英其實就是自己，因為她的人生正好如實呈現著「身為女性的人生」[36]。

金智英的人生究竟為何和女性讀者的人生如此相像呢？單純只是因為同時代女性的緣故嗎？如果只是因為時代問題，那還算幸運，表示金智英的女兒鄭芝媛應該可以免於走同樣的道路，在不同時代下活出不同人生。但最終這份希望會不會落空呢？金智英不也過著和她母親吳美淑一模一樣的人生嗎？她的母親一直希望女兒可以活出不一樣的人生，然而，當金智英正走著與母親相同的道路時，女兒鄭芝媛就保證不會再重蹈覆轍嗎？不，我反而認為金智英的母親在某些部分甚至比金智英過得更好，因為母親至少可以將

36 資料來源：《社會性別與社會》〈社會性別與社會結構〉第六十八頁，Dongnyok，二〇一四年，金賢美著。

自己的想法和情感如實表達。

金智英的母親原本只有國小畢業，之後便幫助家裡務農，直到十五歲那年才北上首爾。當年年僅十幾歲的母親和阿姨，為了工作賺錢，整天吃不好也睡不好，用辛苦賺來的錢供大舅當上醫生、讓二舅當上警察，小舅則當上教授。但是母親與阿姨則必須靠自己晝耕夜讀才好不容易拿到國、高中文憑。像這樣撐起一家人，甚至說她們撐起了整個韓國經濟也不為過的少女，婚後也同樣撐起了自己的家庭。

「明明粥品店是我說要開的，這間公寓也是我買的，孩子們是自己讀書長大的，你的人生走到現在的確已經算成功，但這絕對不是你的功勞，所以以後要對我和孩子更好，聽見沒有？看你這渾身酒氣，今天就睡客廳吧。」

「是，當然！一半都是妳的功勞！小的聽命！吳美淑女士！」

「什麼一半，少說也是七比三好嗎？我七，你三。」（一〇〇～一〇一頁）

我們的母親大部分都經歷過這樣的人生，小時候在田裡、工廠裡工作，婚後則是有什麼副業就做什麼，不然就是自己開店做生意，咬緊牙關想辦法籌錢，拉拔孩子長大。但是真正能像吳美淑一樣大聲說這些功勞都是因為自己的母親有多少？相較於對自己感到十分自豪的母親，金智英反而沒有這樣的氣魄。閱讀金智英的人生時，有個畫面一直不斷浮現在我眼前——忍氣吞聲的畫面。

學長和平時一樣用溫柔的口吻關心著金智英，雖然她心中冒出了「口香糖怎麼可能睡好覺呢」這句話，很想當面讓學長難堪，但最後還是吞了回去。（一〇五～一〇六頁）

所以是叫我付錢感謝一輛空計程車的司機願意慷慨襄助嗎？這種人自以為體恤他人，實際上卻是無禮至極，她不知道該如果跟對方爭辯，最後索性選擇闔上眼睛，不予置評。（一一四頁）

不論金智英舉多少理由婉拒，說自己已經不能再喝了、回家路上很危險、真的不想喝了，也會遭部長反問：「這裡這麼多男人有什麼好怕的？」**我最怕的就是你們啦！**金智英把話吞回了肚子裡，偷偷將酒倒在冷麵碗和一旁的空杯裡。（一三二頁）

金智英絲毫沒有埋怨婆婆怎麼沒抓中藥給她吃，最令她難以承受的反而是一次又一次被過度關切，她很想要大聲說自己非常健康，一點也不需要吃什麼補品，生子計畫應該是和丈夫兩個人商量，而不是和妳們這些初次見面的親戚商量，但是她一句話都講不出口，只能不斷說著：「沒有啦，沒關係」等場面話。（一五一頁）

那你要不要也一直噁心想吐、吃不好、睡不好、想睡又不能睡、身體到處痠痛啊。金智英在心裡暗自想著，表面上卻什麼話也沒說。（一五六頁）

雖然金智英內心一直很想大聲說，我也可以抬頭挺胸走路、吃自己想吃的東西，這

些都跟孩子的性別無關，但是感覺說了以後好像會顯得自己更難堪，所以只好打消這個念頭。（一六〇頁）

每當金智英遇見莫名其妙或者不當的情形時，幾乎都選擇沉默以對，儘管心裡有著真實心聲，卻不會坦然說出，我想，我們一定都心知肚明她為什麼不痛快地說出口。金智英應該早已發現，她的家、她就讀的學校、她走的街道，也就是她所居住的這個社會「對女性不友善」的事實。在這樣的社會裡，女性不僅替自己發聲會招來麻煩，光是身為女性本身就足以讓自己身陷危機。母親詢問父親，要是肚裡的第三胎又是個女孩怎麼辦？父親竟回她，別淨說些「觸霉頭的話」，最後母親含淚忍痛拿掉了孩子；奶奶則是訓誡著「膽敢」貪圖寶貝孫子的東西、比「阿貓阿狗」還不如的孫女；國小老師認為坐金智英隔壁的男孩，只是因為喜歡金智英所以才會老是找她麻煩，希望他們以後可以處得更好；那些靠自己力量抓到暴露狂的國中女同學，因為被老師認為丟了學校的臉而遭到記過；高中搭公車被陌生男子威脅時，父親反而責備女兒，認為都是金智英自找的。

金智英並非從一開始就選擇沉默，反而儘管經歷了這麼多差別待遇，她還是試圖說些什麼，因為要是沒把想講的話說出口，之後一定會有說不完的委屈和憤恨。當懷孕的她聽見男同事語帶調侃地表示羨慕她以後可以享有上下班時間「特殊待遇」時，馬上說出了自己並沒有打算比別人晚進公司；然而隨即後悔，因為一方面自己的身體真的吃不消，另一方面覺得自己反而剝奪了其他女職員的權利，害她們也不敢使用應該享有的福利。

金智英為了孩子決定離職時，面對先生的安慰，她也曾經怒吼過：「拜託能不能別再說會幫我？」但是最後依舊感到抱歉而主動道歉。因為她發現，儘管為自己勇敢發聲，情況還是會依舊，甚至只會更糟。金智英就這樣從此慢慢選擇消音。

不過在金智英的周遭，仍有想要努力扭轉這些不公不義的女性角色，比方說，在教室裡告訴老師室內鞋並不是金智英踢出去的女同學、提議定期更改吃午餐順序的女同學柳娜、向教官抗議男女制服規範嚴格度應該要一致的女同學、憑自己力量抓到暴露狂的那群女同學、幫助金智英脫離男子威脅的女上班族、抵抗職場性騷擾的金恩實組長……

金智英的症狀雖然難用醫學角度說明，但是如果從「在對女性不友善的社會中消音」的角度來看，是可以充分理解的，她只是透過這些女性替自己站出來發聲罷了。

「親家公，恕我冒昧，有句話我還是不吐不快，只有你們家人團聚很重要嗎？我們也是除了過節以外，沒有其他時間可以聚在一起好好看看三個孩子。最近年輕人不都是這樣嗎？既然你們的女兒可以回娘家，那也應該讓我們的女兒回來才對吧。」（二十四頁）

「代賢啊，最近智英可能會感到有些心力交瘁，因為她正好處在身體漸漸恢復、心理卻很焦慮的階段。記得要經常對她說『妳很棒』、『辛苦了』、『謝謝妳』這些話。」（十七頁）

現在的婆婆嘴巴上都會說視媳婦為女兒，但是面對女兒可以回娘家、媳婦卻得留在婆家的事實，有幾個媳婦真的敢向公婆提議要回娘家呢？在普遍認為育兒就是媽媽的事，甚至連累都不應該喊的社會氛圍下，又有多少妻子能要求自己的丈夫多對她說幾句「妳很棒」、「辛苦了」、「謝謝」？那些金智英埋藏在心底已久的話，透過金智英的嘴巴脫口而出時，周遭的人才真正開始察覺並關心金智英的狀況，而且藉由這個症狀，醫生也從金智英身上看見了自己妻子的影子，回顧了她的生涯。

那麼，為何偏偏這時候出現這個症狀呢？金智英生下愛女剛好滿一年之際，開始出現這些脫序發言。成為母親是多麼值得令人開心的一件事，更何況在視「母愛」如宗教般的韓國，大家都會大力讚揚母親是偉大、美麗的存在，然而，對於真正成為母親的當事人來說，不一定全然美好。我們經常會聽過來人說：「母愛是本能，等妳面對時自然就會了。」可是當媽媽真的不是這麼一回事，那是一連串難以言喻的恐懼、疲勞、驚嚇、不知所措、混亂、挫折，甚至會出現一股背叛感，覺得「怎麼都沒有人事先告訴我會這麼辛苦，要是有人告訴我，我就會提早做好身體與心理準備，說不定會處理得更得心應手，不會那麼辛苦。難道是因為怕說出實情以後，在這出生率已經夠低的年代會害得更多人不敢生小孩嗎？還是到處對人喊說帶小孩有多累是不禮貌的行為？」當然，我們從不認為身為女兒、女學生、女朋友、女員工、妻子、媳婦的人生就不辛苦，但是母親的角色無庸置疑是辛苦的，而這份辛苦，也並非單純只來自要撫養另外一個小生命。

成為母親以後，過去既有的人脈會從此中斷，遭社會排除，被關進家庭，並且只允許做「為了孩子」的事情。例如：把時間、金錢、體力、情感都花在孩子身上，人際關係也變成以孩子為中心。要是展現出本來的自己，也就是「不像個母親的樣子」，還會遭人質疑似乎不具備母親的資格。頓時間，妳會覺得彷彿失去了自己的生活、工作、夢想、人生，甚至是自我本身。其實撫養孩子（下一代）並非女人的義務，而是社會應盡的義務，因此在各個家庭當中，大部分母親都會因為不得不「獨自帶小孩」這樣的事實而感到憤憤不平。生產完後好幾個月獨自照顧小孩，好不容易難得有機會出門買一杯一千五百元的咖啡來喝，竟被人說是「媽蟲」，在這已經幾乎無人關照他人的時代裡，唯一還在照顧其他人的身分便是「母親」，但是這樣的母親只因為花了一點先生辛苦賺的錢，進咖啡廳裡買了杯咖啡來喝，就被人指指點點，被貼上只知道享受的「自私蟲」標籤。在對女性不友善的時代裡，彷彿就連「母愛」這份宗教也不復見。不論是對母性的神聖化，還是對媽蟲的厭惡，都只會成為女性的枷鎖，又怎麼可能要我們守護完整的「自我」。

金智英能康復嗎？書裡最後一章留下了令人不安的伏筆，聽完金智英的生命故事，精神科醫師表示，他這下才發現原來還有他從未想過的一面，他看著金智英，回頭想起自己明明原本比他還要優秀，最終卻也走進家庭、相夫教子的妻子，甚至表示因為自己接觸到金智英這樣的特殊案例，才得以使他更能夠對妻子感同身受，甚至對此感到自豪，希望原本是數學天才的太太，將來可以做自己擅長、喜歡、想做的事情。但是他的自覺與自省到此為止，看著好不容易熬過幾次小產危機、最後決定選擇離職的女醫師，認為

「不論是多麼有能力、表現優秀的人，只要解決不了育兒問題，女職員都免不了會帶來這些困擾。」並下定決心「下一位醫師一定要找未婚單身的才行。」大部分男性會將女性分成我女兒、我妻子、其他女性，但自己的妻子與女兒，卻往往被除了他自己以外的其他男性稱之為「泡菜女」或者「媽蟲」。

我們應該期待金智英能在這樣的社會裡康復嗎？金智英的康復就等同於那些代替她發聲的角色不再出現。或許現在的金智英透過不同角色轉換來替自己發聲，會讓她更自由也更舒服一些，但是她模仿別人口氣說出的那些話，終究不屬於自己，總不可能一輩子都藉由其他角色來替自己發聲吧。金智英到底該如何找回自己失去的話語權？

以上是我閱讀完這本書以後所拋出的各種問題，我也心知肚明，光靠一九八二年生的金智英是找不出解決對策的，但我相信閱讀這本書的讀者朋友們會一起思考、找尋方法，因為我們每個人都是金智英。

【譯後記】

我從小生長於韓國，在那裡待了整整十七年，直到二〇〇五年秋天才來臺定居，可說深受韓國當地文化薰陶。金智英剛好和我一樣是七年級生，雖然她是比我大六歲的姊姊，但她的人生故事卻絲毫沒有令我感到訝異、震驚或者不可置信，甚至和我對韓國女性的角色認知毫無違和。

她就像真實存在於周遭的朋友、姊妹、同事、鄰居，那麼的平凡無奇、隨處可見。她在書中呈現的人生遭遇，更是稀鬆平常到毫無爆點可言，不論是從小生長在重男輕女的家庭，還是在學校因為是女性而遭受不當苛責，以及「IMF時代」導致許多家庭頓時陷入經濟困難，女性得要盡快步入社會分擔家計，到後來這些女性出了社會以後，在職場中面臨性別歧視、性騷擾、升遷阻礙，最後為了結婚生子而不得不放棄自己辛苦累積的事業等，每一頁、每個環節，都如實道盡了韓國女性從上一代到這一代長期以來遭遇的不平等對待。

與其說這是一本小說，更像是某個人的人生寫照，或者是一部紀錄片，真實記錄著社會各角落依舊隱藏著的不平等對待；更可怕的是，許多韓國女性甚至是讀了這本小說以後才意識到，原來許多事情其實是不合裡、不公平、存有性別歧視的，換言之，她們早已習以為常，打從娘胎一出生就受到這樣的對待，所以一直沒有意識到有什麼問題。

許多讀者（包括我自己也是）一直到最後一頁都很期待金智英會不會來個人生大逆轉或大突破，引領期盼著金智英最後可以勇敢追逐自己的夢想或者為自己發聲，來點充滿正面、積極、勵志的內容，好讓我們在這充滿無奈的現實中看見一線希望，結果很可惜並沒有，她的人生都在我們可預料的範圍內，毫無意外；而這也是閱讀完這本小說以後最令人難過的地方——金智英沒能走出有別於一般韓國女性的命運。

然而，很顯然的，金智英的遭遇並不僅限於韓國這個地域文化圈，事實上在早期華人社會裡也一直存有男尊女卑、男主外女主內的風氣，早期的歐美國家女性同樣有著和男人地位懸殊的問題，現今世上有些國家甚至對女性的態度和觀念仍舊極度保守、限制重重，只是環境背景不一樣、問題改善速度不一罷了。

隨著時代進步，男女教育程度相當，女性社會地位愈漸提升，薪水收入不相上下，各種法律面、制度面也都看似開始保障女性權益，但是實際探究日常，某些行業類別、人與人之間的互動，都還是存有對女性的諸多限制、歧視，尤其是面臨結婚的男女，不論婚前還是婚後大小事，都可以明顯看出這個社會依舊普遍存在著對男女的刻板印象。

個人很喜歡作者處理金智英婚前至婚後的心情轉折部分，刻劃得極其細膩，道盡了許多職場女性步入婚姻的心路歷程，從與先生討論該不該有小孩時起的爭執，擔心著自己即將失去青春、健康、職場、同事、朋友等社會人脈，還有人生規劃、未來夢想等種種，到懷孕後不得不放棄一切、為了孩子把自己關入家庭，以及成為新手媽媽後遭遇的各種不當對待，不免為她感到不捨，那段內心掙扎與煎熬，相信不只是韓國讀者，臺灣讀者一定也能感同身受。

其中我印象特別深刻的是老醫生對她說：「現在洗衣服有洗衣機，家裡還有吸塵器不是嗎？現在的女人到底有什麼好辛苦的？」於是金智英在內心裡想著：**以前還要一份一份翻找患者病歷、手寫紀錄和處方箋，現在的醫生到底有什麼好辛苦的？以前還要拿著紙本報告書去找主管簽核，現在的上班族到底有什麼好辛苦的？以前還要用手插苗、用鐮刀收割水稻，現在的農夫到底有什麼好辛苦的……**但卻沒有人會這樣說。**不論哪個領域，技術都日益月新，盡量減少使用勞力，而唯有「家事」卻始終得不到大家認同。**

閱讀到這裡時簡直點頭如搗蒜，許多男人會用：「我都有幫妳做家事、我都有幫妳顧小孩」來捍衛自己的立場，但其實殊不知光從「幫妳」兩個字就可以看出，他們普遍還是認為家事、育兒乃女人之事；從百貨公司的尿布臺往往設在女廁一事，也可看出同樣的思維。

在韓國，許多人為這本書貼上了女性主義標籤，有女明星甚至因為表示自己讀過這本書而引發韓國男性強烈不滿、慘遭攻擊，也有人刻意將這個主題改寫成男性，試圖想要引發男女對立，讀者們紛紛呼籲，希望不要再讓一九九二年生的金智英陷入絕望，而閱讀這本暢銷書的主要讀者群也顯示為女性，上述這些例子都再再顯示了韓國社會仍須加緊腳步改善性別歧視的問題。我不禁想起艾瑪．華森（Emma Watson）曾在國際婦女節這一天所說的內容，她重申自己的核心理念，「爭取的不是女權，而是兩性都能自由。」並清楚指出「女性主義從不等於厭惡男性，舉凡相信平等的人，都是女性主義者。」（Feminism is not about man hate, it's really not.If you believe in equality, you are a feminist!）。這段話言猶在耳，期盼這本書在華人圈能有更多男性讀者，讓男性對女性的處境更能夠有所瞭解，相互體諒，幫助彼此。

五月，一個屬於母親的月份，正適合好好閱讀這本講述女人的故事。衷心期待這個世界會變得更為美好，男女也不再成為某些事物的篩選條件；而這需要女人的自覺與男人的換位思考，透過閱讀這本書，先跨出第一步吧！

【評論】

女性所經歷的「無法命名的病」

補充二〇一八年八月十六日於《韓國日報》上發表的文章。

蔣正一（詩人、小說家）
郭宸瑋 譯

《82年生的金智英》是一部優秀的社會學報告書，描寫了普通大學畢業的「職涯中斷女性」。曾在公關代理公司工作過的金智英，在三十四歲時成為一個「媽蟲」，並且經常進出精神病院，負責診治她的精神科醫生指著金智英說，這是「典型的產後憂鬱延伸到育兒憂鬱」。正因如此偏頗的病名，金智英成了背棄「母愛宗教」的冷酷母親。在這篇文章的結尾，我會對做出診斷的精神科醫師補充一些畫蛇添足的說明。

大多數人對患有產後憂鬱症或是育兒憂鬱症的女性有兩種認知。A竟然患上這種病，這個人拋棄了母性，簡直就是惡魔。B社會為了保護女性的本性（母性），應該要透過各種制度來照顧生育女性。A與B之間的差異，看似是保守主義或進步主義立場之間的答辯，但是雙邊的前提是一樣的，那就是都同意將「母性」視為女性本性。乍看之下會覺得A比較差勁，但是B理論的基本概念為，修正糟糕的社會，才能找回被損壞的女性本性，在這個「墮落－恢復」的敘事之下，B的糟糕程度也不遑多讓。他們裝作保護女性的樣子，實際上是將維持理想社會的任務有意無意地轉嫁到女性的本性上。如今，我們應該拋開前面兩者，追求一個全新的觀念。C產後憂鬱症及育兒憂鬱症不就正好證明，母性並非女性本性的證據嗎？倘若母性是一種本性，打從一開始就不會出現產後憂鬱症及育兒憂鬱症。母性是近代產業社會之下的社會性產物。

小說中，這位男性精神科醫生的診斷是錯誤的。金智英的疾病，是以女兒、戀人、妻子、母親身分努力生活的女性主婦才會罹患的，其正確名稱為「無法命名的病」。貝蒂．傅瑞丹（Betty Friedan）在一九六三年出版的《女性的奧秘》（*The Feminine Mystique*）中，第一次提出這個充滿矛盾的病名。在宣揚女性特質、鼓勵女性避免成為成熟個體的社會中，許多工作經歷出現斷層的女性便患上這種病。舉例來說，精神科醫生的妻子便是如此。雖然他的妻子是比丈夫更能幹的醫生，但由於就讀小學的小孩表現出注意力不足過動症（ADHD）的症狀，因此只能放棄眼科專門醫生的職業，成為全職主婦。後來，這位太太出現了執著於解開小學數學習題的怪癖。在數學的世界裡，所有問題都只有一個答案，可是在男性本位主義的社會中，根據性別會出現不同的答案，這也是造成中年女性被「無法命名的病」折磨的原因。

倘若我們將韓國文學史中患上這種疾病的三十世代女性主角集合起來，甚至可以直接住滿一棟精神病院，然而二十世代女性卻還對這個病一無所知。斥責金智英「肚子都大成這樣了，竟然還搭地鐵出來賺錢，真不知道在想什麼」的人，正是一位女大學生。越是努力積極、野心勃勃的二十世代女性，就越容易去壓抑自己的性別。只要承認自己是女性，就會被視為是這個社會的淘汰者，因此她們會盡力忽視這一點。葛洛莉亞·史坦奈姆（Gloria Steinem）便在《對女性流亡政府的幻想》（編按：此應為韓國自行選編的散文集。）中回想自己大學時期是如何遠離女性主義者。

「年輕女性無論是否為學生，在這個男性支配的社會中，都是最受優待的群體。我們尚未體驗過令女性激進化的人生之苦。亦即，女性在工作之後，知道自己是如何被對待的，察覺到結婚並非平等的關係，養育孩子時還要獨自承擔責任，並度過相較於男性而言負擔更沉重的老年歲月。」

《82年生的金智英》的主角並非單獨個體，也不是固有名詞。本作中的金智英代表著名為女性的集體主角。「金智英偶爾還是會變成另一個人，有時是還在世的人，有時是已過世的人，但都有個共通點——都是她周遭的女人。」男性精神科醫生在小說的末尾忽然出現，對金智英拋出產後憂鬱症與育兒憂鬱症的病名，並以此讓女性穿上名為母性的囚服。作家對金智英提問道：「妳要戴上這個頸枷嗎？」

接下來是我畫蛇添足的部分。作品裡，沒有名字的精神科醫生在本書一九〇頁中，將金智英判定為「典型的產後憂鬱延伸到育兒憂鬱」，但是隨即又表示「我看著金智英選擇的人生，瞭解到是我太急於下診斷」，便收回自己先前草率的診斷結論。然而，他並沒有繼續推進自己的「意識」，而是在這個「知識」之下，急忙補充一個推翻前語的話：「這並不是誤診」。此刻，前面提出的收回就十分耐人尋味。

架上七言是耶穌在十字架上說過的話，其中有一句是在感嘆人類的無知，即「他們不知道自己在做什麼」，此話經常被拿來引用。不過，人類應該要知道的事物當中，有多少是人類不知道的呢？即使是意識所不知道的情況下，也會有一些在無意識之間知道的事情。此外，不知道的事物總有一天會變成能夠知道的事物。是以，對人類而言，「知」的這個現象從根本上比「無知」更加混亂。讓「知」無法進一步成為「知識」的條件，是封印好不容易獲得的「知識」的機制，是在生活中勤奮地將「知識」收回的結構。不可能成形的「知識」會讓《82年生的金智英》的部分讀者變成作品中的精神科醫生，並讓讀者開始厭惡女性主義。

蔣正一：其作品包含《對漢堡的冥想》、《在路上招計程車》等詩集，以及《將我送去給你》、《試著對我說謊》、《亞當睜眼時》等長篇小說，還有散文集《蔣正一的學習》、《借書、散步、丟書》等多本著作。

82年生的金智英
82년생 김지영

作　者　趙南柱
譯　者　尹嘉玄、郭宸瑋
封面設計　莊謹銘
內文排版　高巧怡
行銷企畫　蕭浩仰、江紫涓
行銷統籌　駱漢琦
業務發行　邱紹溢
特約編輯　沈如瑩
責任編輯　吳佳珍
總編輯　李亞南
出　版　漫遊者文化事業股份有限公司
地　址　台北市大同區重慶北路二段88號2樓之6
電　話　（02）27152022
傳　真　（02）27152021
服務信箱　service@azothbooks.com
發　行　大雁出版基地
地　址　231新北市新店區北新路三段207-3號5樓
劃撥帳號　50022001
戶　名　漫遊者文化事業股份有限公司
二版一刷　2023年11月
定　價　新台幣360元
ISBN　978-986-489-881-7

This book is published with the support of the Literature Translation Institute of Korea (LTI Korea).

國家圖書館出版品預行編目(CIP)資料

82年生的金智英 / 趙南柱 著;
尹嘉玄譯. -- 二版. -- 臺北市 : 漫遊者文化出版 : 大雁出版基地, 2023.11
224面 ; 14.8×21公分
譯自 : 82년생 김지영
ISBN 978-986-489-881-7(平裝)
862.57　　112019514